新潮文庫

半　　席

青山文平著

新潮社版

10998

目次

半席……七
真桑瓜……五一
六代目中村庄蔵……九七
蓼を喰う……一四九
見抜く者……二〇三
役替え……二五七

〝なぜ〟を問われぬ世界で〝なぜ〟を探る　川出正樹

半席

半席

「やってるかい」

溜《た》まっている人物調査の報告書を片岡直人《かたおかなおと》が一つ仕上げ、徒目付《かちめつけ》組頭の内藤雅之《ないとうまさゆき》に差し出しに行くと、雅之は悪戯《いたずら》っぽい笑顔を寄こしながら言った。言葉とともに動かした手首は、釣竿《つりざお》を引く仕草になっている。めっきり冷え込むようになった本丸表御《ほんまるおもてご》殿《てん》中央の、徒目付の内所《ないしょ》である。

「いえ、ここしばらくは、竿とはすっかりご無沙汰《ぶさた》で」

こいつは危ないなと思いつつ、直人は答えた。このところの御用繁多《ごようはんた》は命じた当人が先刻、承知のはずだ。

すべての御用を監察する目付の耳目《じもく》となって働く徒目付だけに、ただでさえ職掌《しょくしょう》は広く、やることを挙げるよりも、やらぬことを挙げるほうが早い。とりわけ十二月は、幕臣に与えられる初めての官位である布衣《ほい》の叙任《じょにん》がまとめて行われるため、事前の人物調査の作業が集中する。

それが分かっていながら釣りの話題を振ってくるのは、直人の詰まった予定に笑顔で隙間《すきま》をこじ開けて、新たな御用を捩《ね》じ込むつもりなのかもしれない。

「こっちは、六日ばかり前に、六郷《ろくごう》で尺《しゃく》近い落ち沙魚《はぜ》を上げたぜ」

直人の用心にはとんと気づかぬ風で、雅之は言葉をつづける。いくら直人が警戒しても、落ち沙魚のひとことを音にしさえすれば、とたんに構えが緩むことを読んでいるのだ。

釣っても喰ってもいい沙魚だが、十二月に入ったこの時期、温かな深みで卵を産もうと棚《たな》を下り落ちる沙魚はとりわけ脂《あぶら》が乗って、型も七寸を楽に越える。船を仕立てて繰《く》り出したいのは山々だ。遊びらしい遊びとは無縁な直人にとって、釣りは唯一《ゆいいつ》の息抜きと言っていい。

「本日は御用の手が切れず、そっちのお話でしたら、また御勤めを終えたあとにでも伺いましょう」

とはいえ、今日に限っては、あっさりと撒《ま》き餌《え》を喰らう気になれない。

雅之に渡したばかりの報告書で調べた人物の年齢はまだ二十五歳で、直人より一つとはいえ若かった。それでいて、この文化五年の秋、勘定組頭に登用され、暮れには布衣の叙任を控えている。先代が勘定吟味役まで務めた家の嗣子《しし》だけに、八年前、いきなり御目見以上《おめみえいじょう》の勘定で出仕《しゅっし》して実績を積み上げ、二十代の半ばで従六位《じゅろくい》の御役目を手中にした。

　身分ちがいと言えばそれまでだが、身分ちがいだからこそ、安穏《あんのん》としてはいられない。小普請世話役《こぶしんせわやく》から徒目付に移って、もう二年。一刻も早く、自分も勘定所に席を替え、御家人《ごけにん》の支配勘定から旗本の勘定へと駆け上がらなければならない。なにしろ、片岡の家は、半席《はんせき》だ。自分は無理でも、いずれは生まれてくるのであろう自分の子には、要《い》らぬ雑事に煩《わずら》わされることなく、御勤めだけに集中させてやりたい。

　御家人から身上《みあ》がりして旗本になるには、御目見以上の御役目に就《つ》かなければならない。ただし、一度召されるだけでは、当人は旗本になっても、代々、旗本を送り出す家にはなれない。当人のみならず、その子も旗本と認められる永々御目見以上《えいえいおめみえいじょう》の家になるには、少なくとも二つの御役目に就く必要があるのだ。これを果たせなければ、その家は一代御目見《いちだいおめみえ》の半席となる。

　片岡の家は、と言えば、元々は番方《ばんかた》で、父の直十郎《なおじゅうろう》の代に初めて小十人《こじゅうにん》入りを果たした。旗本としてはそれより下のない百俵十人扶持《ぶち》の歩行の士とはいえ、晴れて御目見以上に列せられたのである。初めて城中檜間《ひのきのま》に勤番した日は親類を上げて祝ったものだが、しかし、直十郎が就いた御目見以上の御役目は結局、小十人のみだった。

直人に代替わりする以前に、無役《むやく》の小普請組《こぶしんぐみ》に戻されたのである。喜びに沸いたのも束《つか》の間《ま》、片岡の家は半席となり、子の直人は再び、小普請組からなんとかして這《は》い上がるところから、幕臣暮らしを始めなければならなかった。

それだけに、直人は旗本にならないわけにはゆかない。二度の御目見以上という条件は、父子《おやこ》二代にわたって達成してもよいことになっている。つまり、直人が目指す勘定所の勘定になったそのとき、片岡の家は半席を脱してれっきとした永々御目見以上となり、直人の子は生まれついての旗本となる。

そうはなっても小禄《しょうろく》旗本ゆえの苦労はつきまとうだろうが、それでも直人のように十五の頃から、力を持つ権家《けんか》へ顔をつなぐための未明の逢対《あいたい》を、七年もつづける徒労は味わわずに済むだろう。

そのためには、とにかく目に付かなければならない。徒目付から勘定所への御役替《おやくがえ》が多いのは、どちらも仕事本位の役所だからで、自分たちが楽をするためにも、常に使えそうな人材に目を注いでいる。あらゆる機会を捉《とら》えて、その目に留まらなければならない。

布衣場《ほいば》に立つ人物の調査報告書ひとつにも、手を抜いてはならないということだ。おざなりになりがちな仕事ほど気を入れて緩みなく仕上げれば、逆に目立って引きを得やすいだろう。直人はあらためて気持ちを引き締め、辞去の言葉を用意して、次の報告書に取りかかろうとした。

「片岡にとっちゃあ、わるい話じゃねえと思うぜ」

その気配を読み取ったかのように、雅之が言う。

齢《とし》は直人よりもひと回り上のはずだが、笑うと、同い齢のようにも見えて、なにを考えているのかよく分からなくなる。徒目付を目指す者の多くは、直人と同様、徒目付を勘定所への踏み台と捉えているのだが、雅之からはそんな色気は微塵《みじん》も漂ってこない。役高二百俵と、さして恵まれてもいない徒目付組頭の席に、もう七年以上もいるらしい。直人がけっして、見習ってはならない上司だ。

「こういう言い方をすりゃあ分かっちまうかもしれねえが、御勘定所の御頭《おかしら》を十年来務めなすったお方からの頼まれ御用だ。御役目を離れられてしばらく経《た》ってはいるが、いまの御勘定所の目ぼしい連中はみんなそのお方の子飼《こがい》みてえなもんだから、ここで恩を売っときゃあ、算盤《そろばん》いじくるようになるのも早まることになるんじゃあねえか」

旗本への未練を断ち切ることができさえすれば、徒目付はわるくはない御役目だ。どこにでも顔を出して、なんにでも手を着けるから、とにかく御用は面白いし、鍛えられもする。人の知らぬことをたらふく知ることになるから、身分を越えて頼りにもされる。つまりは、余禄が大きい。

とりわけ、太い糸で繋《つな》がるのが各藩の江戸屋敷だ。御公儀から国の成立ちを守る江戸屋敷は、いざというときに備えるために、御用頼《ごようだの》みと称される協力者を、上は老中から下は小人目付《こびとめつけ》まで確保するのが常である。その御用頼みのなかでも要《かなめ》となるのが徒目付で、気を入れて励めば、見返りは代々で築いた世禄《せいろく》を優に上回る。徒目付によくいるもう一つの典型が、この名を捨てて実《じつ》を取る手合いだが、雅之はそっちの範疇《はんちゅう》にも収まらない。

外から持ち込まれる頼まれ御用も、あらかたは皆に割り振る。上前《うわまえ》も取らずに、いちいち様子がいい。旗本を狙《ねら》うでも、カネに執着するでもなく、残ったごく狭い場処でふわふわと息をしている。時折、雅之の傍《かたわ》らに居ると、こういう御用暮らしもわるくないかもしれぬと思ってしまうことがある。果たして、算盤が本当に自分の手に合うのかという気にさせられたりもする。

で、その雅之の棲《す》む場処を覗《のぞ》いてみたいという気持ちをどうしても抑え切れなくなって、今春、初めての頼まれ御用を請けた。一度っ切り、と肝に銘じての承諾で、実際、これまで応じたのはその一度っ切りである。やってみて、合わないと判じたわけではない。むしろ逆だ。務めてみれば、頼まれ御用は表《おもて》の御用よりもずっと人臭《ひとくさ》く、見返りのゆえではなく、引き込まれそうになった。想っていたよりも遥《はる》かに励み甲斐《がい》があって、知らずに身が入る。だからこそ、距離を置かなければならないと、半席、半席、と唱えつつ、二度目を断わりつづけて、九ヶ月を過ごしてきたのである。そういう直人に、勘定所に力を持つ頼み人からの御用、という誘いはいかにも甘かった。

「さほどの手間はかかんねえと思うぜ」

直人が鉤《はり》の周りに寄ってきたと見た雅之が言葉をつなげる。このあたりの人を触《さわ》る塩梅《あんばい》には、誑《たら》し込まれる側から見ても感心するものがある。

「言ってみりゃあ、喉《のど》に刺さった小骨みてえなもんだ。そのうちにゃあ取れんだろうと放っといたが、いつまでも疼《うず》いて、どうにも鬱陶《うっとう》しい。ひょっとすると、でけえ骨なんじゃあねえかと気に病み出したってえとこだろう。なに、いまさら調べることなんてありゃしねえ。ちょこちょこっと動く振りして、診《み》てみたけど、やっぱり小骨でしたって言ってやりゃあいいんだ。心配には及ばねえ、すぐに取れるだろうってな」

どんな御用にもけっして直人が手を抜かないことを見越して、雅之が勝手なことを言う。

「どうだい。ざっと、話だけでもなぞってみるかい」

けれど、そのいいかげんな物言いも、直人は嫌ではない。半席で凝り固まった躰《からだ》が思わず解《ほぐ》れる。真っ当なことを口にされたら、知らずに焦《じ》れる。雅之に限っては、それを分かって与太《よた》を言っているような気がする。

「お願いいたします」

結局、直人は頭を下げる。

「じゃ、ちっと出るかい」

そう言ったときには、もう雅之の腰は浮いていた。

二十日ばかり前に、表台所頭《おもてだいどころがしら》を務める矢野作左衛門《やのさくざえもん》が木場町《きばちょう》の木置き場で水死した。筏《いかだ》の上で鱮《たなご》釣りをしていて、足を滑らせたらしい。

取り立てて、人の口に上るほどの事件ではないが、その一件だけは直人の頭の片隅にも残っていた。ひとつは、いずれは江戸釣りの粋《すい》ともされる冬の鱮釣りもやってみたいと思っていたから。そして、もうひとつの理由は、矢野作左衛門が八十九歳という高齢だったことだ。

その年齢を含めて、作左衛門には芳《かんば》しい噂《うわさ》がない。通常、高齢で現役を続ける者への悪評と言えば、御役目に躰が付いていかないというたぐいのものが多いが、作左衛門の場合は逆で、元気過ぎた。あるいは、欲が強過ぎた。はっきりと吝嗇《りんしょく》と指差す者もいる。

表台所頭の役得を生かして、御城から大量の食材を持ち帰っていたようだが、矢野の屋敷のある本所竪川《ほんじょたてかわ》の界隈《かいわい》で御裾《おすそ》分けに与《あずか》った家は一軒もないらしい。もう随分と前から、深川あたりの料亭へ横流ししているという風評さえ立っている。

こうなると、臨終の間際《まぎわ》まで役料の百俵を掠《かす》め取るつもりだとか、御役目を退《ひ》くにしても、営々と勤め上げた者のみに許される老衰小普請《ろうすいこぶしん》になって小普請金《こぶしんきん》を払わぬ気だとか、いくらでも尾鰭《おひれ》が付いて回る。

当主の座にしがみつくことへの風当たりは吝嗇よりもさらに強い。

元々、作左衛門は矢野家の当主だった伯父の又兵衛《またべえ》が五歳になる信二郎《しんじろう》を残して急逝《きゅうせい》したことから、身代わりで矢野の家督を継いだ。

本来ならば、いわゆる順養子《じゅんようし》の決まりに則《のっと》って、信二郎が成長し次第、速やかに自分の養子に迎え入れ、家督を返すのが筋である。なのに、養子の手続きこそ取ったものの代が替わることはなく、もうあとひと月で信二郎は七十三歳を迎える。どちらが先に逝《い》ってもよい齢だ。

おのずと、信二郎が部屋住みのまま遅くなってもうけた息子の正明《まさあき》も、出仕の声が掛からぬまま二十九歳になり、さすがに我慢が利《き》かなくなったのか、家を飛び出して本所の法恩寺《ほうおんじ》橋《ばし》の界隈で荒れているらしい。

ところが、作左衛門はといえば、正明のことなど目に入らぬ風で、隠居を願い出る様子など露ほどもない。それどころか、八十九歳という齢を意に介さず、次の御役目にも意欲を示して、当人は御《お》納戸頭《なんどがしら》か御《お》広敷用人《ひろしきようにん》を狙っていたと聞いた。

さすがに、この件に関しては非難の矛先《ほこさき》は信二郎にも向いて、いくらなんでもだらしなさ過ぎるという声がもっぱらのようだ。信二郎は二十三のときに亀井《かめい》一刀流の目録まで行き、本来の矢野家の当主として嘱望《しょくぼう》されていただけに周りの落胆はより深かったのだろう。

理は信二郎のほうにあるのだから、とっくに面と向き合って白黒付ければよいのに、だらだらと時を無駄にして老いさらばえてしまった。自分は自業自《じごうじ》得《とく》にしても、息子の正明のことを考えれば、やりようはあっただろうし、やらなければならなかったはずだ。

にもかかわらず、対決するどころか、作左衛門の言葉にいちいち素直に従って、問題を抱えている父子にすら見えない。なかでも、八十九と七十二の老人が連れ立って繁《しげ》く釣りに出向く姿は竪川界隈では有名で、近しい者たちは気持ちの通い合った二人の姿を目にするたびに溜息をつき合っていたようだった。

「それで……」

　この店も二度目になったな、と思いつつ直人は言った。神田多町《たちょう》にある、居酒屋の七五屋《しちごや》である。初めて、頼まれ御用を直人に捩じ込んだときも、雅之は徒目付の内所ではなく、その店を使った。

「その御依頼のお方は、なにをお望みなのでしょうか」

前の猪口《ちょこ》は伏せたままである。酒が呑《の》めないわけではないが、話の輪郭をきっちりと摑《つか》むまでは、躰に酒は入れないようにしている。そこが喰い足らぬところだと雅之は言うが、けじめはけじめだ。

　外は、暮れ六つが過ぎて、しだいに藍色《あいいろ》が深くなる。七五屋のある多町は、神田鍋《なべ》町《ちょう》や竪大工町《たてだいくちょう》と隣り合う、職人の影が濃い町だが、また、神田青物五町《あおものごかちょう》のひとつでもある。職人の町と青物の町が入り交じる。おまけに、陽《ひ》のあるうちに春をひさぐ比丘《びく》尼《に》が、夜の寝座《ねぐら》にする町でもある。そろそろ、家路をたどる白い尼姿《あますがた》が、通りに浮かび上がる頃合いだ。そういう雑多な町風《まちふう》に、七五屋の構えも釣り合って溶けている。けれど、酒は伊丹《いたみ》の上酒《じょうざけ》で、肴《さかな》もめっぽう旨《うま》い。今日の売り物は、店主みずから釣ってきた落ち沙魚で、先刻まで泳いでいた沙魚ならではの淡い朱鷺色《ときいろ》を艶《つや》めかせた刺身を口に入れた瞬間、なぜ雅之がこの店を贔屓《ひいき》にしているのかが分かった。拝領している屋敷は麻布《あざぶ》なのに、雅之はこういう店をよく見つける。

「それさ」

雅之は、落ち沙魚の卵の塩辛を突ついている。卵巣《らんそう》の薄皮を破らずに四、五日ほど塩に漬けたもので、「こいつばかりはここに来なきゃあ喰えねえ」と何度も聞いたが、舌に乗せてみれば、それも納得だった。

「俺も幾度となくたしかめたんだが、どうにもそれがはっきりしねえ。知ってのとおり、事件は事故として始末された。あの日も作左衛門は信二郎と連れ立って寒鱮《かんたなご》を釣りに来ていて、筏から落ちる間際まで一緒に釣り糸を垂れていたらしい。二人の事情が事情だから、当然、信二郎が疑われたっておかしかあねえわけだが、町方も当番の御目付筋も一応、問い質《ただ》す形はつくったものの、深くは追及しなかった。よしんば、作左衛門の死に信二郎が関わっていたとしても、それはそれでということだったのかもしんねえ。とにかく、事故にしときゃあ、万事、収まるところに収まるってことで落ち着いた。珍しく、異論を唱える奴《やつ》は一人もいなかったようだ」

「では、そのお方は、うやむやにされたままの事《こと》の真相をはっきりさせたいと……」

「俺も始めはそう思ったんだが、それがそうじゃあねえ」

雅之は燗酒《かんざけ》を含んで、卵の脂を洗い流してから言った。

「そのお方も、事件は事故として扱うのがいちばんよいと言っておられた。仮に、今度の調べで事の真相にたどり着き、万に一つ、信二郎の関与がはっきりしたとしても、それを明らかにする必要はない、いや、明らかにしてはならんとな」

「では、なんで」

「そうと口にされたわけじゃあねえがな……」

ひとつ息をついてから、雅之はつづけた。

「俺は、儀式なんだろうって思ってる」

「儀式……」

「自分はただ眺めていたわけじゃねえ、と自分に言い聞かせるための儀式だ。御公儀の調べをただ受け容《い》れるだけでは、傍観していたことになっちまう。自分が関わって調べ直すことで、自分に落とし前を付けたいんだろう。放っておいたわけじゃねえ、やることはやったんだってな。その儀式を上げねえことには、なんとも尻が落ち着かねえんじゃねえか」

「そんな儀式をしなければならないほど、そのお方と矢野作左衛門との縁は深いということになりますね」

「そういうことになるな」

それにしても、随分と捉え処《どころ》のない依頼ではある。この春、初めて請けた頼まれ御用ははっきりと欲が絡《から》んでいて、つまりは分かりやすかった。自分がなにをすべきかがくっきりしていた。

ところが、今度の御用はいまひとつ躰が動きにくい。儀式だからこそ、きっちりと一つひとつ手順を踏んで真相を洗い出さなければならぬとは思うが、たとえ、取り調べとはちがう真相に行き着いたとしても、事故という結果が覆《くつがえ》るわけではない。直人とて、それでいいのだろうとは思う。でも、やはり躰は動きにくい。徒目付になって二年。直人も、そういう躰になってきている。

「どんな御縁なのでしょうか」

直人は伏せていた猪口を返した。今度の御用は、酒でも入れたほうが理解しやすいのかもしれない。

「それが分からねえ」

雅之は答えた。燗徳利《かんどっくり》を傾けて直人に注《つ》いでから、自分の猪口も満たす。

「そのお方と矢野作左衛門では身分がちがい過ぎる。伝え聞く人となりも、あっちとこっちだ。作左衛門は名うての業突張《ごうつくばり》で知られているし、一方、頼み人は清廉《せいれん》で聞こえたお方だ。実際、御勘定所の時代も、その前に遡《さかのぼ》っても、接点は見当たらない。ただ、あのお方は旗本の出ではなく、無役の御家人からの叩《たた》き上げだ。片岡が歩みてえと願っている路《みち》を歩んできた御仁《ごじん》だ。そのあたりんとこでつながってんじゃねえかとは思うが、いまんところはただの憶測でしかない。ま、おいおい、そっちも探ってみるつもりだ。といっても、あとは面と向かって聞くしかねえだろうがな。なに、ずっと話してこなかったからといって、この先も話さねえとは限らねえ。だんまりにも飽きることだってあんだろう」

そう言うと、雅之は一気に杯を干した。そして、「今日はいろいろと用意してるらしいぜ」と顔を緩める。七五屋の店主の喜助《きすけ》は自前の小船を持っているほどの釣り好きで、船が出せる限り、自分で上げた獲物だけを客に振る舞う。

その喜助が「魴鮄《ほうぼう》がいいですよ」と言い、「じゃ、味噌椀《みそわん》にしてもらおうか」と、急に笑顔になった雅之が応《こた》える。「旨いもんじゃなきゃいけねえなんてことはさらさらねえが、旨いもんを喰やあ人間知らずに笑顔になる」というのが雅之の口癖だ。

笑みを消さぬまま、直人に顔を向けて、「片岡、おめえはなんにする？」と問いかける。と、そのとき、雅之が急に真顔になって、「いけねえ、いけねえ」とつづけた。

「肝腎《かんじん》なことを忘れてたぜ。他のことはともかく、そんだけは、はっきりと分かればありがてえと念押しされていたんだ」

「なんです」

己《おのれ》の儀式のために御用を頼む者が、はっきりさせたいと望むこととはなんだろう。

「あの取り調べはみんな乗り気じゃあなかったが、一応、当番の小人目付が現場にい合わせた者たちの話を聞いた。片岡は鱮釣りはまだだったと思うが、冬の鱮は寒さを避《よ》けて浮いた材木の下に寄ってくる。で、真冬の鱮釣りこそ最上の釣りだって信じ込んでる連中が、一尺ちょっとの自慢の桟取竿《さんどりざお》を手にして、木場町の木置き場に集まってくるってわけだ。釣っても喰えねえ豆粒みてえな小魚なのに、釣り上げるにはめっぽう難儀するのが堪《たま》らねえのさ。つまり、二人の周りには釣り師がけっこういた。そうはいっても、みんな目の前に垂れた糸だけに気を張り詰めているから、いることはいても大抵はなんにも見ちゃあいねえんだが、それでも二人が、まさに作左衛門が筏から落ちようとする寸前のところを目にしていたんだ」

「ほお」

「そんとき、作左衛門はどんな様子だったと思うね」

「さあ……具合がわるそうだったとか、そういうことでしょうか」

「具合はわるかなかったんだ。それどころか元気そのものだった。なんと、奴《やっこ》さんは筏の上を走っていたんだよ」

「走っていた……」

「ああ、岸を背にしてな。筏の先に向かって走って、跳び込むように水に入ったらしい。頼み人がはっきりさせたいと言っているのはそこだ。なぜ、作左衛門は筏の上なんぞで走っていたのかだ」

若い者でも足下《あしもと》がおぼつかない筏の上を八十九の老人が走っていた。たしかに頼み人ならずとも、なぜかを知りたくなる。なぜ走っていたのか。ほんとうに走っていたのか。ひょっとすると、走らされていたのではないか……。

「その場には、信二郎もいたのでしょうか」

「そうくるよな」

雅之は手酌で杯に酒を満たした。

「俺もそう考えた。そして尋ねた。そこに信二郎はいたのかってな。で、答を先に言うと、いなかったんだ。ずっと二人で釣り糸を垂れていたんだが、作左衛門が走っていたときには、もう姿がなかった。そのすこし前に、信二郎だけが帰ったらしい。作左衛門は信二郎が木場を離れたあと、不意に走り出して堀に跳び込んだってことだ」

ふー、と息をしてから、雅之はつづけた。

「もしも、信二郎が作左衛門を走らせたとすりゃあ、信二郎は呪《まじな》い師で、呪文《じゅもん》でも唱えたってことになるわけさ」

　とりあえず、直人は走る作左衛門を見たという二人を訪ねてみることにした。

　布衣の叙任の日は迫っており、仕上げるべき人物の報告書の数は片手では足りない。あらためて木場町で聞き込みをかければ、あるいは別の証言も仕込めるかもしれないが、魚影の薄い海で気長に魚信《あたり》を待つ時間の余裕はなかった。まずは、確実に語るべき中身を持っている二人に話を訊《き》き直し、次に信二郎当人に面談を申し入れて素直に疑問を開陳《かいちん》し、それで埒《らち》が明かなかったら、そのときはそのときでまた策を講じることにした。

　雅之にそうと告げると、「それでいいだろう」と言い、すぐに、「そのほうがいいだろう」と言い直した。「儀式だからですか」。しごくあっさりとしている気もして問うと、「いや、そういうことじゃあなくって」と応え、「取り立てて理由ってもんはねえが、すっきりと信二郎に当たったほうが景色が開けそうな気がするんだ」とつづけた。事細《ことこま》かになぜかを並べられるよりもよほど心強く、それだけで目の前を覆《おお》っていた厚い靄《もや》が、幾分か薄くなったような気がした。

最初に向かった大伝馬町《おおでんまちょう》の太物屋《ふとものや》、長川《ながかわ》の主人、六兵衛《ろくべえ》は、あらかじめ用件を伝えておくと、訪ねていった直人を待ちかねていたように奥の座敷へ迎え入れた。すこしでも釣りに関わる話になると、とたんに前のめりになるのが釣り師の習いだ。

「手前があのお武家様が走られるのに気づいたのは、それよりも前に近くを通りかかった際、手にされていた竿に惹《ひ》き付けられたせいでございます。それで、時折、ご様子を窺《うかが》っておりました」

「それほどの物だったのか」

釣竿のことは、そのとき初めて知った。

「それは、もう。片岡様は寒鰥はこれからということですので、すこしばかり桟取竿のことを語らせていただいてよろしいでしょうか」

「こっちから頼む」

聞き取りは、訊きたいことだけを手際よく訊けばよいというものではない。事件の筋からは遠くとも、相手が話したいことを存分《ぞんぶん》に話させることで、言葉が言葉を引出す。そうして、まともに訊いたのではそこまで届きにくい、本人も承知していない深い場処から、ほんとうに待っていた言葉が湧き上がってくることがある。

「釣り師はどんな釣り師でも道具を選ぶものではございますが、寒鱮の場合はまた格別のものがあります。と申しますのも、鱮という魚はあらゆる意味で、淡いからでございます」

「淡い……」

「はい、なにしろ、あの豆粒のような躰でございます。口も小さいし、餌を吸い込む力も弱い。魚なのに長くは泳げない。元々、生きる力が淡いのです。その元々淡い鱮が、冬を迎えて、ますます動きが抑えられてくる。魚信もあるかないかで、申し上げてみれば、鱮釣りはその淡さを味わう釣りなのです。それが証拠に、我々は春から秋は鱮をやりません。暖かな季節は鱮もそれなりに動いて、餌もよく喰うので、そこに趣向《しゅこう》がない。鱮の淡さが極まる冬を待って釣ってこその鱮釣りなのです」

「なるほど」

頷《うなず》いて、出された茶を含むと、とびきりの上物だった。釣り師は釣り師でも、こういう贅《ぜい》を知り尽くした釣り師が、最後に行き着くのが寒鱮ということなのだろう。

「おのずと道具も、寒鱮の極め付きの淡さと渡り合えるものでなければなりません。他の魚相手の道具はまったく役に立たず、とりわけ竿は独特の形になりました。わずか一尺余りの細く短い竿を五本継ぎ、六本継ぎでこさえ、さながら箸を持つように、親指と人差し指、中指の三本で支える桟取竿が編み出されたのです。その生みの親とされる人物が蔵前に店を構える蕨屋《わらびや》利右衛《え》門《もん》で、それまでの竿が穂先の三分しか撓《しな》らない先調子であったのに対して元から大きく撓り、寒鱮のかすかな魚信をも察知できるようになりました」

六兵衛はもうすっかり太物屋の主《あるじ》ではなく、釣り師の顔になっている。

「浅草の東作《とうさく》なども元調子を謳《うた》ってはおりますが、利右衛門とは比べるべくもありません。また、利右衛門は利右衛門でも、竹や鯨の鬚《ひげ》をはじめとする材料はすべて生き物ですので、やはり出来、不出来がございます。あのお武家様の竿はもう利右衛門のなかの利右衛門で、惚《ほ》れ惚《ぼ》れするような元調子を描いておりました。銀や象牙《ぞうげ》などの高価な飾り物は用いておりませんが、その恬淡《てんたん》とした佇《たたず》まいが寒鱮の淡さと釣り合ってまたいい。失礼ながら、いかほどならばお譲りいただけるものかと、勝手に想ってしまったほどでございます」

語りながら、その利右衛門のなかの利右衛門を思い出したのか、大きく溜息をついてから六兵衛はつづけた。

「それで、非礼とは存じつつ、時折、お二方のご様子を盗み見していたのでございますが、そのうち魚信が出だして手前も興に乗ってしまい、しばらくは目を向けることなく釣りに没頭しておりました。そのうちふっと思い出し、再び目を遣《や》ってみると、連れのお武家様の姿が見えません。ああ、帰られたのかなと思い、あるいはお一人になられたこの機を捉えて、お声掛けなどしてみようかと、水面《みなも》を見るともなく見ながら、またぞろ、よからぬ企《くわだ》てを巡らせていたとき、あのお武家様が突然、筏の上を走り出したのでございます。いや、それはもうびっくりいたしました。いったい、なにごとが起きたのかと」

「そんときの作左衛門の様子はどうだった」

「様子、と申されますと」

「いや、同じ走るでも、どんな風に走っていたのかってことだ」

「そうでございますね……」

遠くを見るようにしてから、六兵衛は言った。

「すこし離れてもおりましたので、果たしてこういう言い方が当たっているのかどうかは存じませぬが、犬が嫌いな、お方が犬に追いかけられているような、そんな慌《あわ》て方と手前はお見受けしました」

犬が嫌いなお方が犬に追いかけられている……どういうことか……。

「で、そんとき、作左衛門の周りには誰もいなかったのだな」

「はい、あの筏については、連れのお方が帰られたあとは、あのお武家様お一人だけでした。お声掛けの機会を窺っておりましたので、それはたしかでございます」

「走り出す間際は見たのかい」

「いえ、申し上げたように、そのときはしばし目を切って企《たく》み事をしていたものですから、走り出す前は目にしておりません。手前が見たのは、走り出したあとからでございます」

「そろそろ終《しま》いにするが、作左衛門が走っていたとき、お前がご執心のその竿は手にしていたか」

「いえ……そうか……そうでございましたね」

言われてみて初めてそのことに気づいたような表情を浮かべると、おもむろに腕を組んで唇を動かした。

「水に落ちてからは仰天しておりましたので、竿のことはすっかり忘れておりました。しかし、いま、振り返ってみると、手にはされていなかったように思われます。いまは、あの竿はどのようになっておるのでしょうか。やはり、御屋敷にあるのでございましょうか」

「さあ、誰も釣竿のことなど気にも留めておらなかったのでな。しかし、今日、そうと聞いたので、たしかめてみよう」

「あるいは、いまもあの筏にあるのやもしれませんな」

六兵衛は本当に、いまにも捜しに行きそうだった。尋常ではない惚れ込みようである。その様子が直人に、最後の問いを口にさせた。

「正直なとこを聞かせてほしいのだが、もしもお前がその竿を買い取るとしたら、いったい幾らまでなら払ってもいいと思っている」

「手前は締まり屋ですので、そうそうは出せませんが……」

二度、三度、首を捻《ひね》ってから続けた。

「それでも、百両でしたらすぐにでも用意をさせていただくでしょう」

つづいて会った二人目の目撃者、川村至《かわむらいたる》は知った顔だった。永坂《ながさか》藩七万石江戸屋敷の留守居役《るすいやく》で、去年、大名行列の典礼の件で相談に乗ったことがあった。

既に顔はつないであるので、上屋敷に出向くとすぐに座敷に通され、挨拶《あいさつ》もそこそこに本題に入る。大伝馬町の六兵衛が百両ならばあの竿を買うと言ったことを告げたときは、吐き捨てるような調子で、あのしぶちんが、と声を洩《も》らした。六兵衛と至は、やはり鱮釣りで以前からつながっているようだった。

「百両などというものではござらぬ。すくなくとも、その倍の価値はあり申す。そのように六兵衛が見誤るのも、あの竿を蕨屋利右衛門の作と思い込んでいるからでござろう」

「そうではないのですか」

「ちがい申す。それがしは、以前、矢野殿から直《じか》に伺ったので、まちがいはござらぬ。あれは、利右衛門の師である本所の御家人、斉藤武兵衛《さいとうぶへえ》の作でござる。利右衛門の竿ならば、いまも店で買い求めることができ申すが、名人で聞こえた武兵衛は既に鬼籍《きせき》に入っておりますれば、限られた僅《わず》かな竿を奪い合うことになる。おのずと、値が跳ね上がることになり申す」

その後も延々と至は語ったが、あらかたは竿についてで、竿以外の話の中身は六兵衛とほとんど変わらなかった。

やはり、至も作左衛門が走り出す間際は見ておらず、そして、あの竿がいまどこにあるかとなると、とたんに執着を露《あらわ》にした。二人にとっては作左衛門の死よりも、作左衛門が手にしていた桟取竿のほうが重いことは明らかだった。

それでも、二人が竿を語るときの熱っぽさに触れるうちに、直人はだんだんと、その竿の在処《ありか》を隠している濃い靄が薄れていくような気がした。

すっかり晴れたのは、永坂藩上屋敷を辞去して通りの最初の角に差し掛かった頃で、それが見えてみると、なぜ作左衛門が走り出したのかも、そして、この件が事故だったのかどうかも、あらかたが見渡せるのだった。

直人は立ち止まって、大きく溜息をついた。あとは、矢野信二郎に直接会って、自分がたどり着いた景色が、誤った仮説の幻影なのかどうかをたしかめるだけだったが、どうにも気が進まず、むしろ、無理筋であればよいとすら思った。

解決の緒《いとぐち》を摑んだのに喜びが伴わないのは、徒目付になって初めてだった。


その三日後、あらかじめ書面で面談を申し入れた上で、本所竪川の矢野家の屋敷へ出向くと、信二郎みずから玄関に立って、お待ちしておりました、と言った。

亀井一刀流の目録を取ったとはいえ、作左衛門に唯々諾々《いいだくだく》と従ってきたことからすれば、それこそ寒鯛のように淡い、小柄な老人を想像していたのだが、実際に目にしてみれば、随分とちがった。背丈はさほど高くないものの、廊下へと向かう背中はいかにも膂力《りょりょく》の強さを感じさせてとても七十二歳には見えず、小ぢんまりとはしているけれども由緒《ゆいしょ》ある、形稽古《かたげいこ》の道場の主のようだった。

屋敷も、想っていた佇まいとはかけ離れていた。高価な食材を大量に横流ししているという噂が直人の脳裏に描かせた矢野の屋敷は、贅を尽くしたきらびやかな豪邸だった。けれど、訪れてみれば、外から眺めても、中へ通されても、役高二百俵の幕臣の屋敷でしかなく、直人はこの想いちがいのように、自分の書いた竿の在処の筋も外れてくれればいいと思いながら、客間へ案内する信二郎の背中に付いていった。

「失礼ながら……」

座敷に着いて、ひととおりの挨拶を済ませると、直人は言った。

「もっと、豪壮な御屋敷かと思っておりました」

その日、直人は、思ったことをそのまま口にすることにしていた。技は使わず、信二郎と正対《せいたい》することにしていた。

それが信二郎から真の筋を引き出す唯一の方法であり、また礼儀でもあると思った。

「横流し、ですか」

淡々と、信二郎は言った。

「父子ですので、わたくしは父が横流しをしていたとは思っておりませんが、根拠はありません。ご不審でしたら床下なりどこなりお調べください」

いきなり非礼を述べたにもかかわらず、信二郎の口調は抗《あらが》うでも挑むでも、嗤《わら》うでもなかった。長過ぎる部屋住みを余儀なくされた者は、ほぼ一様に気持ちの底に厚く澱《おり》を溜める。けれど、この人物からは、そこに踏み込めば舞い上がって一切を見えなくするものがまったく伝わってこない。

「いえ、本日の用向きは、書面で申し入れさせていただいたように、御父上の事故についてですので」

かすかな混乱を隠しながら、直人は言った。

「承知いたしております。ご随意にお尋ねください」

信二郎の振舞いは変わらない。必要なことを、必要なだけ言葉にする。

「最初にお訊きしたいのは、御父上が筏の上を走り出したとき、矢野殿がどこにいらしたかです。あのときは一緒ではなかったのですね」

「一緒ではなかったが、まだ間近にはおりました。わたくしが木置き場を離れてすぐに、父は走り出したのです」

「なぜ、離れられたのでしょうか」

「腹を立てたからです」

「腹を立てた……。貴公がですか。御父上がですか」

「わたくしです」

「なぜでしょう。なんらかのきっかけがあったのでしょうか」

あまりに包み隠すことなく信二郎が話を進めることが、直人を戸惑わせる。すこぶる快い路の向こうに、手痛いしっぺ返しが待っていそうな気がする。けれど直人は、このまま突っ走ろうと思った。このまま突っ走れば、どんな景色が見えるかはともあれ、必ず視界は開ける予感があった。

「ありました。刀です」

「刀……」

「埋忠明寿《うめただみょうじゅ》の脇差《わきざし》です。ご存知でしょうか」

「いえ」

元はといえば、片岡は武官の番方の家筋だ。けれど、役方《やくかた》である勘定所の勘定を目指そうと決意したときに、直人は刀剣への関心を封印することにした。

「刀剣は慶長よりも前か後かで、古刀と新刀に分かれます。明寿はこの新刀の始祖とされる刀匠ですが、元々が専業の刀工ではなく、鍔《つば》や頭金《かしらがね》などを手がける金工だったこともあって、刀剣としての評価は一様《いちよう》ではありません。ですが、わたくしは明寿を好みます。冴《さ》え冴《ざ》えと澄み渡った地鉄《じがね》や刃文《はもん》を軽いとする声もありますが、わたくしの目にはただひたすら明晰《めいせき》で美しいし、なによりも、明寿は他のどの刀にも似ていないからです」

「それほどにちがいが出るものですか。たとえば、それがしでも、そうと分かるほどに」

「一目瞭然《いちもくりょうぜん》、でしょう。生易しいちがいではありません。明寿は材の鋼《はがね》の鍛え方からして異なるのです。水挫《みずへ》し法と言って、まずは薄く打ち延ばした鋼の塊を水で冷やし、よくない物を取り除きます。さらに、それを小分けにして特によい物だけを選び、その特によい物を積み重ねてまた鍛えるのです。どの明寿を見ても地鉄に斑《むら》がなく、清澄《せいちょう》なのは、この元々の秀《ひい》でた鋼に依《よ》っています。銘刀は他にも幾らでもありますが、どれにも似ていない刀と言えば明寿に尽きる。その埋忠明寿の脇差を、父が帯びておりました。家督を引き継ぐときには、明寿も譲ると言ってくれていたのです」

「当然、待ち望んでいらした」

「わたくしは家督はどうでもよかったが、明寿は欲しかった。父の腰にある限り、いつでも自由に明寿の鋼を愛《め》でるというわけにはゆきません。自分の物にして、あの清澄さを心ゆくまで味わい尽くしたかったのです」

「これは、それがしの勝手な推量ですが……」

直人は敢《あ》えて、言葉を挟んだ。

直人の立てた筋では、武兵衛の竿はいまも木置き場の水面に漂っている。おそらくは、信二郎が投げ入れたからだ。作左衛門が拾いに行くのを承知して。

そして、そのとおり、作左衛門は息せき切って拾おうとした。太物屋の六兵衛が、犬が嫌いな、お方が犬に追いかけられていると言ったように、筏の上を慌てて走った。

「御父上はその明寿を売って、斉藤武兵衛の桟取竿を手に入れたのではありませんか」

ただ、直人の筋では、信二郎が竿を投げた理由が埋まっていなかった。老人になるまで部屋住みを強いられた積年の怨《うら》み、などというのでは、いかにも当り前に過ぎる。たとえ根底にはそれがあるにしても、いまになって我を忘れるには、そうせざるをえなかった、止《や》むに止《や》まれぬ理由があるはずだ。もしも、作左衛門が埋忠明寿を処分したとすれば、十分にその理由になりうる。

「武兵衛の竿をご存知ですか」

薄い線を描いていた信二郎の瞼《まぶた》が、わずかに開いた。

「売ったのではありませんが、同じようなものです。父は明寿の脇差と武兵衛の竿を交換したのです」

「それで、貴公は腹を立てた」

当たってしまった、と、直人は思った。

「それで、というのとは、いささかちがいます」

表情を変えなかった信二郎が、そのとき初めて遠くを見るような目をした。

「既に明寿がないことを知ったわたくしの気持ちは、怒りというよりも、当惑や混乱といったものでした。明寿を愛でて日々を過ごすことは、この齢になってしまったわたくしにとって、唯一、想い描くことのできる将来だったのです。その、唯一の将来が消えてしまって、わたくしはどうすればよいかと、ただおろおろしておりました」

「腹を立てていたわけではなかったということですか」

「腹を立てる余裕もなかったのです。何者かに火で炙《あぶ》られたとしたら、怒るよりも先に悲鳴を上げるでしょう。わたくしは悲鳴を上げていたのです。熱い、熱いと、喚《わめ》き立てておったのです。その気持ちが怒りへと変わったのは、父が滔々《とうとう》と武兵衛の竿の自慢話を始めたときです。父にはわたくしが上げる悲鳴がまったく聴こえていなかった。わたくしが明寿に惹き付けられていたことも、そして、家督を引き継ぐときには明寿も譲ると自分が言ったことも、すっかり忘れていたのです」

本所横川町《よこがわちょう》の、朝四つを知らせる刻《とき》の鐘が遠くに聴こえた。

「さすがに、わたくしの口からは詰《なじ》る言葉が出ました。といっても、責め立てたわけでも、譲ってくれるはずではなかったかと詰め寄ったわけでもありません。わたくしはただ、武兵衛の竿の自慢話を止めたかったのです。ところが父は、逆にわたくしを謗《そし》りました。なんのかのといって、結局は、家督を継ぎたくなったのではないか。お前はずっと家督には興味がないと言ってきたのに、あれは嘘《うそ》だったということかと声を荒らげたのです」

「それは、それがしも伺いたいところです。ほんとうに家督はどうでもよかったのでしょうか。得心《とくしん》して、長く部屋住みのままでいらしたのでしょうか」

「得心していると、信じておりました。父とわたくしのどちらが、表台所頭の席の据わりがいいかと言えば、まちがいなく父です。父はその御役目に意欲を持つことができますが、わたくしはまったく関心が持てません。わたくしは表台所頭に限らず、あらゆる御役目を疎《うと》ましいと感じる者なのです。家督を引き継ぐべき時期などに囚《とら》われることなく、得意なほうが御役目を続ければよいと思っておりました。明寿ではありませんが、世の中のどの父子にも似ていない父子でよいと考えていたのです」

語りは変わらずに淡々としていた。直人には信二郎が、これまで一度も見知ったことのない人物に映った。

「世間並みを破ることは、この世では罪ですので、さきほどの横流し等の風評が広がることになりましたが、それは互いに、当然の代償と捉えておりました。けっして世の中に理解されないことが、逆に、父とわたくしの紐帯《ちゅうたい》を強めていたように思われます。父とわたくしは父子であると同時に、仲間でした。ですから、あのときも、わたくしは埋忠明寿が欲しかったのであって、家督を望んだわけではないことは、当然、分かってもらえると信じておったのです。なのに、父は家督が欲しくなったのだろうと誹りました。あまりに通り一遍の世間の言葉で、わたくしの罪を糾《ただ》そうとしました。その老いた声を繰り返し耳にしているうちに、己の半生に対して無性《むしょう》に腹が立った。理屈もなにも霧散して、ただ腹が立ちました。あのとき、わたくしの埋忠明寿は、完全に消えたのです」

自ら淹《い》れた茶をひと口含んでから、信二郎はつづけた。

「その怒りはあまりに激しくて、放っておけば、自分でもなにをするか分からないほどでした。それで、とにかく一刻も早く父の側《そば》から遠ざからなければならないと、わたくしはあの筏を離れることにしたのです。そのくらいの分別は、まだ残っていたということなのでしょう」

「その去る間際、矢野殿はなにかをしませんでしたか」

そのときだろうと、直人は思った。信二郎はなにをするか分からなかったのではなく、実際に、したのだ。

「なにか、とは」

「思わず、武兵衛の竿を、投げてしまったのではありませんか」

直人は、あなたが矢野作左衛門を殺したんでしょう、と言っていた。

「ああ、そういうことですか」

けれど、信二郎は気色《けしき》ばまず、むしろ柔らかい目をして言った。

「わたくしは投げておりません。でも、おっしゃるように武兵衛の竿が投げられたのはたしかです」

「矢野殿ではないとしたら、では誰が……」

直人は気を集めようとしたが、考える間もなく、すぐに、その人物に思い当たった。

「まさか、御父上が……」

「その、まさかです。さんざ、わたくしを誹ったあとで、父はわたくしに家督は譲らんぞと言いました。譲れんのだ、とも言いました。そして、唐突に、飯《めし》が旨いのだ、と言ったのです」

「飯が旨い……」

「齢を喰ったら飯の味などどうでもよくなるのだろうと思っていたら、まったくそんなことはなく、八十九になっても飯が旨いのだそうです。百になっても、きっと旨いのだろうと言いました。飯だけではなく、他の諸々《もろもろ》についても、己の内側では、若い頃とほとんど変わることがない。御用は面白いし、褒められれば嬉《うれ》しい。まだ他の御役目も務めてみたい。だから家督を譲りたくても、生きている限り、譲れそうにないと語っておりました。そう言い終えてから不意に立ち上がり、武兵衛の竿を縮めて水面へ投げ入れたのです。怒りが冷めないわたくしは、その振舞いの意味が分からず、申し上げたように一刻も早く一人にならなければと、筏を離れました。そのあとで、父は走り出したのです」

承知して竿を投げていながら、実際に武兵衛の竿が水面に漂ってみれば、なんとしても拾い上げようとしてしまう。そういう自分を、作左衛門は分かっていたのだろう。そして、生きている限り家督を譲らない自分をも分かっていた。だからこそ、作左衛門は竿を投げたのだろう。そのようにして代を、替わろうとしたのだ。直人は己の考え足らずに気落ちしつつも、安堵《あんど》していた。

「筏をあとにしたわたくしは一度も木置き場を振り返りませんでした。けれど、いまになってみれば、わたくしは背後でなにが起きているのかを分かっていたような気がします。分かっていながら、足を停めず、踵《きびす》を返さなかった。わたくしは竿を投げなかったけれど、責められるべきという点では同罪です。片岡殿に調査を依頼されたお方に、そのようにお伝えください。また、矢野信二郎は感謝しておったとも、お伝えいただければ幸いです。わたくしからすれば、そのお方は、わたくしに再度の陳述の機会を与えるために、そうしてわたくしを楽にさせるために、調査を頼まれたような気さえいたしております」

「最後にもう一つだけお尋ねしてもよろしいでしょうか」

「どうぞ、なんなりと」

「矢野殿はなにゆえに、そのようにすべてを曝《さら》け出されるのでしょうか。じっと黙《もく》されていても、誰も指を差す者はいないと存じますが」

「じっと黙そうと思っておりました」

信二郎は明らかに、あらかたの重荷を下ろしたように見えた。

「あの日以来、毎日、己に言い訳をしておりました。分かっていながら後ろを振り返らなかったのは自分のためではない。息子の正明に代を譲るためだ、と。私欲ではなく、矢野の家のために振り返らなかったのだと」

そして、いま、最後に残った荷を下ろそうとしているのだった。

「しかし、日を経るほどに、それは嘘であることが分かるのです。生まれて以来、ずっと相対するだけだった当主の座に座ってみれば、見える景色がまったく変わって心地よく、正明のためではなく自分が代を継ぎたかったのが赤裸裸《せきらら》になりました。父の言ったことは正しかった。父のようになりかねない己が、そこにいたのです。けれど、ようやく、俗物のおかしみを知ることができたわたくしは、自ら嘘だとは口にできません。ですから、片岡殿から書状を頂いたときは、ほっといたしました。これで話せる、これでもう嘘はつかずに済むと思いました。片岡殿と、そのお方には、幾ら感謝申し上げても足りません」

自分の書いた筋が外れたのを、片岡直人は徒目付になって初めて喜んだ。

そして、こんな人臭い御用が三つもつづいたら、内藤雅之の二の舞になっちまう、と思った。

その翌朝、矢野信二郎が木場町の木置き場の筏から落ちた。

認めた者のなかには筏師《いかだし》も居て、すぐに鳶口《とびぐち》を手にして落ちた場処に駆けつけたが、信二郎の躰は浮かんでこなかった。真冬の江戸の水は冷たく、流れる川さえ凍る。落ちたら間を置かずに心の臓は止まっちまうと、筏師は言った。

直人たちにしてみれば、見ていた者たちが、あれは足を滑らせたんだよと、口を揃《そろ》えたのが、せめてもの救いだった。

「ずっと、腰を屈《かが》めて筏の上を歩き回って、なにかを捜しているみたいだったからね」と彼らは言った。

「危ないなとは思っていたんだ。そしたら、案の定あんなことになって。結局、捜し物は見つからなかったみたいだね」

その夕、内藤雅之と、七五屋で二人だけの供養《くよう》をした。突き出しだけを肴に、そろって黙々と杯を傾け、空の燗徳利を並べた。

きっと信二郎は、自分が作左衛門にならないための手立てを夜通し考えていたのだろう。眠らぬまま夜明けを迎えて、木場町へ出向いたのだ。

筏の上を歩き回っていたのは、あの世で作左衛門に竿を返そうとでもしたのか……。

その様子を想うと、いくら呑んでも酔いは回ってこなかった。

「今日はとっておきのもんをご用意してるんですがねえ」という喜助の声も耳に入らずに酒だけで居座りつづけ、一刻《とき》が過ぎ、二刻が過ぎ、三刻が過ぎて、四つ半の鐘の音が聴こえた頃、不意に雅之が「ああ、この前、片岡が訊いてきた縁の話なあ」と言った。

「はあ……」

すぐには、なんのことか分からなかった。

「ほれっ、あの頼み人と、矢野作左衛門の御縁の話さ」

「ああ」

そう言われれば、たしかに訊いた。頼み人が、己への儀式を上げなければならないほどに深い縁とは、どのようなものなのだろう、と。

「分かったぜ」

「話されたんですか、頼み人が」

直人はまた矢野信二郎を思い出した。信二郎も話したがっていた。話を訊かれるのを待っていた。頼み人も、そうだったのかもしれない。

「ああ、逢対の関わりだってよ」

「逢対、ですか……」

「片岡も、逢対はさんざやったんだよなあ」

「ええ」

できるなら思い出したくはない記憶だった。無役の小普請から抜け出すために、十五の頃から大人たちに交じって、未明の権家の屋敷に日参した。小普請組頭はもとより、徒頭《かちがしら》、評定所留役《とめやく》、勘定奉行……十五なりに頭を絞って、考えられるあらゆる屋敷を回った。

まだ暗いうちから、一刻ほども門前に並びつづけ、野菜を並べるようにして、十把《じっぱ》一絡《ひとから》げに座敷や廊下に通される。そこでまた、登城前の要人が姿を現わすのをじっと待つ。ようやくそのときが訪れても、こちらから声を発するのは禁じ手だ。ただひたすら黙って座りつづけて、顔を覚えられ、向こうから声がかかるのを待つのである。

　その辛抱に五年、十年と耐え通しても、実を結ぶことはほとんどない。それでも、そうする以外に、無役から這い上がる路はなかった。あの頃の焼き尽くすような焦燥を思い出せば、辛抱できないことなどなにもないと、いまも折りに触れて思う。

「あのお方が十二で逢対を始めた頃に、ある権家の屋敷前の行列で、声をかけてきたのが矢野作左衛門だったらしい。よほど不憫《ふびん》に見えたのかどうかは知らねえが、無視されつづけても平静を保つための心構えや、回るべき屋敷、また、その順番など、こと細かに導いてくれたそうだ。もしも、あの指導がなかったら、今頃、自分はどうなっていたか分からないと言っておられた。齢を喰ってみて初めて、人がどう転ぶかは、あらかた運であることに気づくそうだ。もっと早く気づけばよかったが、とも口にされていたよ」

　そんな話を聴いていたら、雅之の二の舞になっちまうと、直人はまた思う。が、このときばかりは、半席を唱えることはなかった。

真《ま》桑《くわ》瓜《うり》

「白傘会《はくさんかい》ってのを知ってるかい」

と、組頭の内藤雅之は言った。

「はくさんかい……ですか」

と、徒目付《かちめつけ》の片岡直人は答えた。

神田多町《たちょう》にある、居酒屋の七五屋《しちごや》である。外から持ちこまれる、頼まれ御用を直人に捩《ね》じ込むとき、雅之は本丸表御殿《ほんまるおもてごてん》中央の徒目付の内所《ないしょ》ではなく、決まってその店を使う。月は六月の半ばで、店に向かう路地沿いには、そこかしこに朝顔の鉢があった。

「知らなくったって無理もねえ。片岡がその会に入ろうとしたら、あと五十年生きたってまだ足りねえ」

文化六年の今年、直人は二十七になった。

「俺にしたって、四十年かかる。白傘会の傘《さん》は、傘寿《さんじゅ》の傘。つまり、八十歳だ。と言やあ、白《はく》は白寿《はくじゅ》の白だと、直《す》ぐに合点《がてん》がいくだろう。八十から九十九までの集まりってことさ。もっとも、上のほうは、別に百だろうと百十だろうと、かまわねえらしい。八十以上で、まだ御公儀の御役目に就《つ》いている旗本が、その会に入《へえ》ってる」

「八十歳以上で……」

「別に驚くほどのことでもねえようだぜ。百年前なら、いても一人か二人で、職務精勤《しょくむせいきん》の御褒美《ごほうび》が出たようだが、この文化の世じゃあ二十人から励んでいるそうだ。一等上は、九十八歳の腰物奉行《こしものぶぎょう》と聞いた」

「ほお」

流行《はや》り病《やまい》等を潜《くぐ》り抜けさえすれば、長寿の者は意外に長寿だ。さすがに御用繁多《ごようはんた》の徒目付には見かけないが、武官の番方《ばんかた》のなかにさえ七十歳代ならばけっこういる。

「で、ふた月に一度、持ち回りで、仲間のいずれかの屋敷に集まって酒肴《しゅこう》を共にし、お互いの老齢を励ます一助《いちじょ》にしているそうだ」

「屋敷で、ですか」

「ああ、屋敷でだ。外の料理屋は使わずに、仕出しをとっている」

雅之は燗徳利《かんどっくり》を傾けて、自分の猪口《ちょこ》に酒を注《つ》いだ。七五屋は居酒屋なのに錫《すず》のチロリではなく、瀬戸物の燗徳利を使う。お世辞にも品のいい界隈《かいわい》ではないが、投げて割るような厄介な客は心配しなくていいらしい。

「一人、二人んときなら、丁重に扱ってもくれようが、八十以上がめずらしくもなくなりゃあ、周《まわ》りの目だっていつもあったけえとは限らねえ。揶揄《やゆ》のひとつも聴こえてくるかもしんねえ。最初の頃《ころ》あ、料理屋を使っていたが、そのうち、誰が言うともなしに屋敷に集まるようになったそうだ」

「なるほど」

初めて、頼まれ御用を請けたのは去年の春で、その次は冬だった。今度やれば三度目で、半年振りになる。相変わらずの御用のようだな、と直人は思った。雅之が振ってくる頼まれ御用は、表《おもて》の御用とは比べるべくもないほどに人臭《ひとくさ》い。

「きっと仲間内だけで存分に、いまの己《おのれ》に得心《とくしん》したいんだろう。くたびれがちな躰《からだ》に、褒め言葉はなによりの薬だ。誰に遠慮することなく、がんばってる自分らを認め合いたいんだろうよ」

すべての御用を監察する目付の耳目《じもく》となって、徒目付は動く。おのずと、やらぬことを挙げるのに難儀するほどであり、御公儀のどんな御役目よりも、さまざまな人を観《み》ることになる。が、その視線はけっして深みを伴っていなかったことを、直人は頼まれ御用を請けてみて知った。評定所《ひょうじょうしょ》も御番所《ごばんしょ》も、吟味を進めるのに求められるのは自白のみだ。なぜは問われない。けれど、頼まれ御用では、なぜこそが肝《きも》になる。そして、その肝に、嗅《か》いだことのなかった人臭さが詰まっている。

「だからさ。ほんとうなら、そこで事件なんて起こりようもなかったわけだ」

木場町《きばちょう》での御用から半年、相変わらず半席を唱えながら頼まれ御用を遠ざけてきたが、裏を返して知った人臭さがどうにも忘れられず、三度目を請けることになった。

「なのに、起きたのですね」

「ああ、それも、刃傷沙汰《にんじょうざた》がな」

外は、暮れ六つが過ぎて、しだいに藍色《あいいろ》が深くなる。この半年、頼まれ御用とは距離を置いてきたが、七五屋にはけっこう足を向けるようになった。

直人が住まう徒目付の組屋敷は、上野御山裏《おやまうら》の下谷《したや》御箪笥《おたんす》町《まち》にある。七五屋のある多町は、御城《おしろ》との路《みち》すがらだ。わざわざ足を延ばさずとも暖簾《のれん》を潜ることができる。おまけに七五屋は酒なしの飯だけでも出すので、独り身の直人には使い勝手がよい。他にもそういう店がないわけではなかったが、店主の喜助《きすけ》みずから釣り上げる魚の身に、皮に、腸《わた》に馴染《なじ》んでしまえば、足は勝手に舌の命に従った。

それに、多町の界隈はどうにも妖《あや》しくもある。そこは神田鍋町《なべちょう》や竪大工町《たてだいくちょう》と隣り合う職人の町であり、神田青物五町《あおものごかちょう》のひとつである。陽《ひ》のあるうちに春をひさぐ比丘尼《びくに》が、夜の寝座《ねぐら》にする町でもある。こんな火点《ひとも》し頃《ごろ》ともなれば、家路を急ぐ白い尼姿が藍のなかにぽっと浮かび上がったりする。いかにも、目の前の捉《とら》えどころのない上司が根城《ねじろ》にしそうな奥の見えない町風《まちふう》で、なんとも素通りしにくい。

「十日ばかり前《めえ》のことだ。この六月の白傘会は、納戸《なんど》組頭をしている岩谷庄右衛門《いわやしょうえもん》の当番ってことで、こっからも遠くねえ神田旅籠町《はたごちょう》の庄右衛門の屋敷で人寄せをした」

神田旅籠町なら御成路《おなりみち》沿いで、やはり、直人が御城へ上がる路筋《みちすじ》にある。

「当日、集まったのは十八名で、日暮れより半刻《はんとき》前の、七つ半から始めたらしい。予定では、いつものとおり一刻ばかりやって、六つ半にはお開きにするつもりだった。ところが、随分と盛り上がってな。夜五つ過ぎまでつづいたそうだ」

「なにか、ふだんとはちがうことがあったのでしょうか」

「さあな。聞いたところじゃあ、その前に会を開いてから二月《ふたつき》のあいだに、二人の仲間の不祝儀《ぶしゅうぎ》が出たようだ。それで、自分だって今度の集まりが仕舞《しま》いかもしんねえと、みんながみんな思うこともあるめえが、年寄りの気持ちは手前《てめえ》が齢《とし》をとってみなきゃあ分からねえ」

「ええ」

「だから、ま、わけはともあれ、会は和気あいあいってやつでな。最後の水菓子が出るまで、ほんとうに気持ちよく運んだようだ。なのに、いよいよお開きって段になって、突然、ぶっ壊れちまった。みんなが、庄右衛門の締めの挨拶《あいさつ》を待っていたときだ。仲間の一人だった山脇藤九郎《やまわきとうくろう》がつかつかと庄右衛門に歩み寄り、いきなり脇差《わきざし》を抜いて斬りかかった。一同、呆気《あっけ》にとられてな。畳が血で汚れるまでは、なにが起きたのか分からなかったらしい。ああ、藤九郎は賄頭《まかないがしら》で、齢は庄右衛門とおんなじ八十七だ」

「庄右衛門は、どうなりました？」

「それが幸い、浅手とは言えねえが、深手ってわけでもねえ。齢が齢だから治りは遅《おせ》えかもしれねえが、ま、ひと月ちょっとも経《た》てば外へも出られるだろう」

そこまで言うと、雅之は急に声の調子を変えてつづけた。

「で、そろそろ、いいかい？　喜助がしびれを切らしてるぜ」

話の輪郭をひととおり摑《つか》むまでは、直人は酒も喰い物も腹に入れないようにしている。そういうところが喰い足らないと雅之は言うが、直人にとってはそれがけじめだ。で、店主の喜助が先刻から、肴《さかな》を出す頃合いを見計らっている。直人が頷《うなず》き、雅之が軽く手を上げると、いそいそと大皿を運んできた。

「今日はめずらしく柵《さくと》取りができる型が上がったんで、まずは鱸《すずき》にしてみやした」

このところ上がる鱸は、小振りが多かった。三枚に下ろして柵が取れるということは、そこそこの型だということだ。喜助の得意が伝わってくる。誰でもない、喜助が釣り上げた獲物である。喜助は名うての釣り好きで、自分の小船まで持っている。

「せっかくなんで、洗いにして。あと、腹身《はらみ》と皮は湯引きで」

近所の今川橋《いまがわばし》の瀬戸物問屋で選んだ大皿の上には、厚めに引いた洗いの身が透《す》いた白を艶《つや》めかせている。湯引きにした皮もぷっくらとして、いかにも鱸らしい。けれど、喜助はそれ以上御託《ごたく》を並べることなく板場へ戻った。いつも笑みを絶やさない喜助だが、口数は多くない。

「洗いってのが、ありがてえなあ。刺身は野締《のじ》めでも喰えるが、洗いは活締《いけじ》めじゃなきゃあ喉《のど》を通るもんじゃねえ」

活締めは元気のいいうちに成仏させて、手早く血抜きをする。野締めというのは実は締めるのではなく、成り行きで寿命が尽きることを指す。喜助が言わぬ代わりに、雅之がいろいろ言う。活《い》きを味わう洗いとちがって、刺身のほうは「野締めでいったん身が強張《こわば》って、そのあとでちっと緩んだ頃が旨《うま》い」のだそうだ。

直人はといえば、最近でこそ七五屋に足を向けるようになったものの、元々は腹に入れるものに拘泥《こうでい》しない。喰い物なんぞ、腹がくちくなりさえすればなんでもいいと信じてきた。いつだったか、武家が喰い物を云々《うんぬん》するのはいかがなものか、というたぐいの台詞《せりふ》を雅之に面と向かってぶつけたことがある。

「そりゃ、もっともだ」

と、雅之は言った。

「旨いもんじゃなきゃなんねえ、なんてことはさらさらねえ」

そして、つづけた。

「けどな、旨いもんを喰やあ、人間知らずに笑顔になる」

自分の言葉のとおりに、鱸をつまむ雅之は掛け値なしの笑顔を見せている。齢は直人よりもひと回り上だが、笑うと同い齢のようにも見えて、なにを考えているのかよく分からなくなる。いつも思うのだが、雅之はおよそ徒目付らしくない。

徒目付の席にある者は、おおむね二つの型に分けられる。一つは、名を捨てて実《じつ》を取る手合いで、そうと腹を据えれば、御目見《おめみえ》以下の御家人とはいえ、これほどいい御役目もない。どこにでも顔を出して、なんにでも手をつけるのが徒目付である。日々の御勤めをこなすだけで鍛えられるから、どこからも頼りにされ、頼まれ御用が持ち込まれる。身を入れて励めば、見返りは並の旗本の世禄《せいろく》を遥《はる》かに上回るから、そうなると、御目見以上の御役目も、もう目に入らない。たとえ声がかかっても、あの手この手で遠慮に持っていく。

もう一つは、端《はな》っから、徒目付を旗本への踏み台と見なしている連中だ。旗本へ身《み》上《あ》がろうとする御家人なら、徒目付から勘定所に席を替え、御目見以上の勘定へと至る路を見逃すことはない。ちょっと見は、なんのつながりもないようだが、二つの役所は仕事本位という点で横串《よこぐし》が刺さっている。下手《へた》な者《もん》を採って自分らが皺寄《しわよ》せを喰わないためにも、使える人材には目を注《そそ》ぐ。で、徒目付から勘定所への御役替えが多くなる。もっぱら、この路を見据えている徒目付は、余禄の誘惑にきつく封をして、ひたすら勘定を目指す。

雅之はといえば、そのどちらでもない。御用頼みに居座《いすわ》ろうとするでも、身上がろうとするでもなく、残ったどうとも括《くく》りようもない場処で息をしている。雅之から頼まれ御用を回された連中は、最初はあとが怖そうだと身構えるのだが、すぐに、上前《うわまえ》をとろうなんて気がさらさらないのを察して、用心を忘れる。

雅之を見ていると、こういう勤めぶりもあったのだと悟《さと》らされる。自分が随分と昔に思いちがいをして、そのまんまになっているような気にさえなる。そんなとき直人は、半席、半席と呟《つぶや》く。呪文《じゅもん》のように唱えながら、このふわふわとした上司と自分は、置かれた立場がちがうのだと己に説く。とにかく自分は、自分の行くべき処《ところ》に行くしかない、ひたすら勘定を目指すしかないのだと戒《いまし》める。半席という、どうにも厄介な身分を抜け出さない限り、片岡家の当主としての責務を果たすことはできない。思いちがいなんぞという悠長な御託《ごたく》を、並べてはいられないのだ。

直人は御家人だが、直人の父の直十郎は旗本だった。片岡の家では初めて、小十人《こじゅうにん》入りを果たした。旗本としてはそれより下のない番方とはいえ、晴れて御目見以上に列せられた。にもかかわらず、子の直人が旗本になれなかったのは、父が務めた御目見以上の御役目が、結局、小十人だけだったからだ。一度きりの御目見以上では、当人は旗本になっても、代々旗本を送り出す家にはなれない。当人のみならず、子も旗本と認められる永々《えいえい》御目見以上の家になるためには、二つの御役目に就かなければならない。これが成らなければ、その家は一代《いちだい》御目見の半席となる。

その上、片岡の家の場合は、直人に代が替わる前に、直十郎が無役《むやく》の小普請組《こぶしんぐみ》に戻された。お蔭《かげ》で、直人は旗本どころか、無役を抜け出すところから半席暮らしを始めなければならなかった。あんな不毛な日々を、いつかは生まれてくるのであろう自分の子にも送らせようとは、断じて思わない。だから、直人は、勘定にならないわけにはいかない。

二度の御目見以上という条件は、父子《おやこ》二代で達成しても認められる。つまり、直人が目指す勘定になったそのとき、片岡の家は晴れて半席を脱し、直人の子は生まれながらの旗本になる。五歳の着袴《はかまぎ》のときには、旗本の跡継ぎらしく、通町筋《とおりちょうすじ》の三井越後《みついえちご》屋《や》あたりで、麻裃《あさがみしも》に振袖の衣紋《えもん》を調《ととの》えて、馬に跨《また》がることだってできるだろう。

「藤九郎と庄右衛門の仲はどうだったのでしょう」

箸を取らぬまま、直人は話を戻す。

洗いの身も皮の湯引きも、いかにも夏を伝えてくるが、まだ口に入れるわけにはいかない。

他人《ひと》にまで自分の流儀を押しつけるつもりはさらさらないが、話の輪郭にはまだいくつも綻《ほころ》びがある。

気持ちを切らずに、話の筋をつなげなければならない。

そんな直人の腹など、雅之は先刻、承知のようだ。

「よかったらしいぜ」

目は大皿に向かっているものの、即座に答えた。

「それも、とびっきりな」

口のなかの皮の脂《あぶら》を、酒で洗ってからつづける。

「白傘会のなかでも、特に気脈の通じ合った二人だったそうだ。昨日今日の付き合いでもないらしい。不釈流《ふしゃくりゅう》の同門で、元服を迎える前からの交わりだと聞いた。仲がよすぎて逆にこじれたってこともねえようだ。所帯を持ってからも、家族ぐるみで行き来していた。といっても、なにしろ齢が齢だから、もう二人とも奥方には先立たれている。庄右衛門のほうは息子の継之助《けいのすけ》の家族と暮らしているが、藤九郎はいまじゃ独りらしい。息子が二人いたんだが、惣領《そうりょう》の清蔵《せいぞう》は十二のときに、次男の健吾《けんご》も十七で失った」

「死因は？」

「二人とも、お決まりでな。清蔵は疱瘡《ほうそう》、健吾は麻疹《はしか》だ。跡継ぎになるはずの惣領を持っていかれただけに、次男の健吾は腫《は》れ物に触るようにして育ててきたらしいが、もう、この齢になればと、ひと息つきかけた十七になって、いちばん用心していた麻疹に奪われた。そんとき藤九郎は五十九でな。さすがに、ひどく傷《いた》んで、しばらくは、庄右衛門を含めて誰とも会おうとしなかったようだが、相手が流行《はや》り病《やまい》じゃあ怒りの持っていきようもねえ。ま、そんなこんなで、いまんとこ、どこを突ついても、脇差を抜かせたものに行き当たらねえのよ。この一件は、表の御用でも、ひととおり洗ったからな。御役目上のことも含めて、いろいろほじくり返してみたんだが、結局、なんにも出てこなかった」

「藤九郎はなんと？」

「だんまりさ」

雅之は自分で猪口に酒を注ぐ。雅之は手酌に慣れている。

「いまんとこ藤九郎は親類の屋敷にお預けになってるんだが、いくら問い詰めても、ひとっことも喋《しゃべ》らねえ。周りはみんな、なんとか吟味筋《ぎんみすじ》にはならねえようにと思ってるんだ。刃傷沙汰とはいったって殿中《でんちゅう》じゃあねえし、公《おおやけ》の場でさえねえ。まったくの私の集まりでのことだし、庄右衛門の傷も深かねえ。藤九郎のふだんの評判も上々だ。御勤めだって、齢に甘えることなく、きっちりとやることとやってるらしい。そして、なにより八十七という齢だ。事件を見てる者《もん》が二十人近くいるから、後始末はそう簡単じゃあねえが、できりゃあ穏便に済ませたいっていう気持ちは揃《そろ》ってる」

「庄右衛門は？」

「もともとの仲が仲だ。庄右衛門も異存はねえ。しかし、それだけに、なんとしても理由が知りてえと言っている。あれ以来、繰り返し己に問いかけてるんだが、いくら振り返っても思い当たることがねえそうだ。このままじゃあ、もうどうにも据わりがわるくて、それこそ死んでも死に切れねえ。できたら、自分に訊《き》き取りをさせてもらえねえかって言うから、それはひとまず抑えといた」

当事者の訊き取りは禁じ手だ。想いが空回りして歯止めが効かなくなり、別のもっと大きな事件を生んだりする。

「あと、ちょっと厄介なのが、庄右衛門の息子の継之助だ。自分の父親を手にかけた上に、理由も言わないとなりゃあ、さすがに大目に見るってわけにはいかねえ。岩谷の家が貶《おとし》められることになるから、理由を明らかにした上で、謝罪を寄こさなければ納めようがねえと言い張っている。ま、道理だ。だからな、藤九郎にはどうあっても語ってもらわなきゃあなんねえ。ただ、真相を突き止めるだけじゃあ足りねえのよ。その真相が藤九郎の口から明かされなきゃなんねえ。それが、今回の御用ってわけだ」

「すると、頼み人は……庄右衛門、ですか」

「いや」

言ってから、雅之は猪口を干す。なかは冷やだ。七五屋の名の由来は、酒一合が三十五文だからで、ちょっと見は高めのようだが、上酒《じょうざけ》とも言わずに出す燗徳利の中身は伊丹《いたみ》の剣菱《けんびし》や花筏《はないかだ》だ。燗をせずとも、十分に飲める。

「もっと上のお方だ。白傘会にも名を連ねている。八十よりも上で、いまも御勤めをされているってことさ。とはいっても、最初に一度っきり顔を見せただけで、あとはずっと出てきていない。というのも、実際に白傘会で動いているのは、家禄が二百石から四百石、せいぜいが六百石の家の者だからだ。そのお方はといえば、なんと五千石でな。御役目も上の上だ。あまりに諸々《もろもろ》ちがいすぎて、出れば場が妙なものになっちまう。で、会の看板代わりに名前だけで加わって、顔を出すのは控えてるってわけだ」

「そのお方が、なんで」

「それが、おもしれえとこなんだがな……」

笑みを浮かべて、雅之はつづけた。

「ほんとは、会に出たかったらしい」

すぐには、意味が摑めない。

「会とは、白傘会ですか」

言わずもがなとは思ったが、一応、訊いた。

「ほおよ」

たしかに、それはおもしろい。

「いや、そのお方だって、無理なことは承知さ。いくら敷居を低くしたって、壁がなくなるもんじゃねえ。仲間になれねえことは分かってる。しかしな、さっきも言ったが、年寄りの気持ちは、齢をとってみなきゃあ分からねえ。膝を突き合わせてみたい気持ちはあるわけさ。けれど、それはなんねえから、折りに触れて様子を観《み》ていたらしい。そこはほらっ、その気さえありゃあ、路はどうとも通じるもんでな。会の仲間の一人に安井《やすい》博文《ひろぶみ》という書物奉行が居て、漢籍《かんせき》でつながっていた。そっから話を聴いてたんだ。そうやって、会に出ているような、もっと言やあ、仲間になったような気になっていたのさ」

ほんとうに、雅之の頼まれ御用は人臭いと、直人はあらためて思う。

「だからな。一人一人のことも、よおくご存知だ。なんで、そんなことまで知ってるんだと思えるほどにな。今回の一件もいち早く了解して、俺のほうに、喋らせてやってくれ、と頼みを入れてきた」

「喋らせてやってくれ……？」

「そのお方は、藤九郎は喋りたいはずだって言うんだよ。ずっと溜《た》めてきたものを、思いっ切り吐き出したいはずだってな」

そういう見方もあるだろう。

「でも、自分からは喋れねえ。喋りたくても、喋れねえ。おそらく、そのわけは、脇差を抜いた理由が、喋るほどのもんじゃあねえからだ」

「はて……」

ひと息ついてから、直人は言った。

「どういうことでしょうか」

喋りたくても喋れない、のは分かるにしても、そのわけ、のほうは得心しにくい。喋るほどのものじゃないとは、どういう意味か。

「だから、喋るほどのもんじゃあねえような理由さ。たぶん、そんな理由でって、呆《あき》れられちまうような理由にちげえねえと、そのお方は推《お》している」

「見てきたようですね」

「ずっと遠くから観つづけていたからこそ、見えるもんもあるかもしれねえぜ」

「そんな理由で、脇差とはいえ本身《ほんみ》が抜けるとは思えませんが」

「だいそれたことをしでかす理由が、だいそれているとは限らねえ。ほんの砂粒が砂粒を呼んで、いつの間にか石になるってこともあんだろう」

「砂粒、ですか」

言われてみて、ふっと直人は気づいた。なんで、雅之の御用は人臭いのだろうとずっと想ってきたが、あるいは、それなのかもしれない。取るに足らない砂粒が寄り集まって、やがて固まって石みたいになったもんが、腹んなかでごろりと転がり出す……

「だから、藤九郎はな、自分の口を割らせる誰ぞを待っているっていうんだ。自分からは言い出せないからこそ、いまか、いまかって、待っている」

そこまで語ると、雅之は焦《じ》れたようにつづけた。

「ここまで言やあ、もう、いいだろう。そろそろ箸をつけたらどうだい。せっかくの洗いが台なしだぜ」

「もう、ひとつだけ」

即座に、直人は言った。

「その誰ぞというのは、それがしではなく組頭なのではないでしょうか。場数《ばかず》を踏んでないそれがしが、八十七の藤九郎の唇を緩めることができるとは思えません」

「いや、俺じゃあ駄目だ。おめえしかいねえ」

「なぜです」

「なぜって、片岡は爺殺《じじいごろ》しじゃねえか。この前んときも、見事に落としただろう」

雅之は、去年の冬の、二度目の御用のことを言っている。たしかに、あのときも疑いがかかっていたのは齢を重ねた武家で、誰かが真相を訊きに来るのをじっと待っていた。

「片岡！　俺はそういうのはまっぴらだがな。年寄りってのは、青くて、硬くて、不器用な若えのが大好《でえす》きなんだよ。おめえのことさ」

頼み人が話を仕入れていた書物奉行の安井博文は、白傘会の世話人をやっていた。とりあえず、話を聴いてみようと思ったのは、博文の屋敷が湯島天神裏門坂通《うらもんざかどお》りで、直人の組屋敷からも近いことと、そして、いくら鼓舞《こぶ》しても、藤九郎から真相を引き出す自信がとんと湧いてこなかったからだ。

雅之があいう言い方で背中を押してくれたことは分かっている。直人も、二度目の御用の記憶をたどって、自分が爺殺しであると思い込もうとした。でも、振り返るほどに、あれはたまたまうまくいったのだという気にしかなれなくなる。

あのとき直人は、技は使わず、老人と正対《せいたい》することにした。企《たくら》むことなく、心に浮かんだ言葉をそのまま口にする。それが、自分よりもずっと長く生きてきた先達《せんだつ》から、真《まこと》の筋を引き出す唯一《ゆいいつ》の手立てであり、また礼儀であると信じた。

今度も、あのとおりにやればいいのだとは思う。しかし、やはり半年の空白のせいなのか、すっと入り込むことができない。二度目となれば、初めの成功をなぞることにもなりそうだ。そこに力はなかろう。とはいえ、いくら思案しても、他に恃《たの》めそうな案が浮かぶことはなく、とりあえず、非番の日を使って博文を訪ねてみることにしたのだ。

組屋敷のある下谷御箪笥町から湯島天神裏門坂通りへ着くには、とげぬき地蔵で知られる高岩寺《こうがんじ》前《まえ》の大路《おおじ》を往《ゆ》き、上野山下から下谷《したや》広小路《ひろこうじ》へ抜けて、突き当たった上野新黒門町《しんくろもんちょう》を右へ折れる。

元々が、両国橋西詰に次ぐ盛り場である上に、六月の半ばとあって、下谷広小路は朝四つから賑《にぎ》わっている。いつもの遊興や買い物の客に加えて、御徒町《おかちまち》で朝顔の鉢を求めようとする客が、突き刺すような陽射《ひざ》しにもめげず、どっと繰り出すのだ。

笑顔で鉢を見繕《みつくろ》う人の波を目にするたびに、直人は、人とはたいしたものだと思わされる。三年前の文化三年三月、一帯は焼け野原となった。芝の車町《くるまちょう》で上がった火の手が、折りからの西南の風に乗って、尾張町《おわりちょう》から京橋、日本橋へと燃え広がり、神田から上野をも嘗《な》め尽くしたのである。そうして焼け出された御徒町の御家人たちが、糊口《ここう》を凌《しの》ぐために、野放図《のほうず》に広がった空地で育て始めたのが朝顔だ。それが、わずか三年で、東都《とうと》下谷の風物になりつつある。日々の暮らしの営みが、未曾有《みぞう》の厄災《やくさい》をも瞬《また》く間に覆《おお》い尽くす。いかにも涼しげな朝顔の赤紫《あかむらさき》や紺青《こんじょう》は、すっかり塞《ふさ》がった傷口の色だ。

そこに分け入れば御徒町につづく下谷同朋町《どうぼうちょう》に目をやり、帰りにひと鉢買って帰るかと思いつつ、湯島天神裏門坂通りへ足を踏み入れる。

角にはいつものように、系図を売る浪人の露店があった。自分の姓を言ってから、甲斐《かい》武田《たけだ》氏とか小田原北条《ほうじょう》氏とか指図《さしず》すると、適当な家系図を選び、ちょこちょこと書き換えて寄こしてくる。他にも、乳が三倍出るようになる喰い合わせだとか、遊び場に囲まれているせいだろう……焼いて灰を飲めば瘡《かさ》にかからない傘の絵とか、いいかげんな刷り物ばかりを置いているのだが、不思議と一人二人はかならず客が立って、台の上に並べられたものを冷やかしている。あまりの馬鹿馬鹿しさに、ふっと肩の力が抜けるのかもしれない。

商う三十がらみの浪人がまたやくざな稼業《かぎょう》にもわるびれることなく、いつもにこにことしていて、どこかしら雅之に似ている。酷《むご》い暑さにも、不意の雨にも変わることのない笑顔を認めると、どんな場処にも彼岸《ひがん》はあるのだと思えてきて、そこを通りかかるときは、つい露店を目で追ってしまう。今日も、なんとはなしに力をもらったような気になって、安井博文の屋敷を目指した。

博文は八十二歳。将軍のための蔵書を一堂に収めた紅葉山《もみじやま》文庫を預かるだけに、無駄な口はきかない寡黙《かもく》な人物と覚悟していた。白傘会の様子を頼み人に伝えていたとはいえ、それは相手が相手だからで、初めて会う若手の徒目付にすらすらと語る唇は持っていまい。さて、どう話を持っていくか……案内されるぎりぎりまで頭をひねって顔を合わせた人物は、しかし、直人の想像とはまったくちがっていた。直人と目が合うと、救われたような表情を露《あらわ》にして、自ら書斎に招き入れたのである。

「お待ち申しておりました。ささ、どうぞ、こちらへ。さ、どうぞ」

博文は掛け値なしに直人を待ちわびていた。おそらくは、間近でしっかりと目に焼きつけてしまった刃傷《にんじょう》を、己の腹に納めておくのが難儀なのだろう。表の御用の聴取のときは、あまり丁寧に訊いてもらえなかったのかもしれない。あるいは、日を経るにつれ、腹のなかのものが重くなってきたか……。

八十二歳とはいっても、今年が文化六年だから、博文が生まれた年は八代吉宗《よしむね》様が治めていた享保《きょうほう》の十三年だ。その年でさえ、江戸に幕府が打ち立てられた慶長八年から既に百二十余年が経っている。文化とは、そういう御世《みよ》だ。きっと、血に塗《まみ》れた本《ほん》身《み》を見たのは、初めてなのにちがいない。あの日以来、目にこびりついて離れない血の色を、人に話すことで拭《ぬぐ》い去りたいのだ。

庄右衛門の傷は深手ではなかったが、それはあくまで結果である。眼前で本身が振られたときの衝撃は、殺傷と変わらなかっただろう。案の定、博文は「どうぞ、なんなりと訊いてくだされ」と言いつつも、直人が口を開くのを待てずに、自分から語り出した。

「あの夕、山脇藤九郎殿はそれがしのすぐ隣りに座っておってな。それゆえ、事の一部始終を見ることになり申した」

わずかに眉《まゆ》をひそめてからつづける。

「とはいっても、山脇殿の様子に不審な点はどこもなかった。あのお方は俳諧《はいかい》をおやりでな。昨年に出たどこぞの俳諧番付にも一等下の段ではあるが、載ったことがあり申す。で、いつも身近に詩材《しざい》を探し求めているらしく、言葉すくなに周りを眺めておられる。そのように写生を心掛けている方だけに、常に沈着でしてな。彼《か》の日も、まさにそういういつもの山脇殿で、まさか、あのようなことになるなどとは露ほども想い及びませんでした」

そこまで言うと、博文は急に声を潜めて、「それにな」と言葉を足した。

「これを洩《も》らすのはいかがなものかと存じて、今日まで伏せておったのだが、それがしが想い及ばなかったのには、もうひとつ理由があり申す。いまのところ、世話人をさせていただいておるそれがしのみが承知しておることなので、心して聴いていただきたい」

そうは言いつつも、博文はいかにも言い急いでいて、腹に居残っているすべてを、一刻も早く直人に渡したがっているのは明らかと見えた。

「実は、山脇殿は病《やまい》を得ておってな」

「病？」

直人は初めて言葉を挟んだ。

「それも、質《たち》のわるい病で、それがしには笑みを浮かべつつ伝えられたものの、山脇殿も半ば覚悟を決めておられるようであった。腹の腫れものでござるよ。ずっと、問《つか》えがとれぬようでな。実は、それがしが山脇殿の隣席にあったのも、たまたまではござらん。今日明日とか、そういう切羽《せっぱ》詰《つ》まったことではないにしても、もしものことを慮《おもんぱか》って、側《そば》に控えていたのでござる」

それでか、と直人は思った。博文は自分だけが承知していると言うが、それは当然、頼み人にも伝わっているだろう。だから、頼み人は「喋らせてやってくれ」という依頬を寄せてきたのだ。老齢だからではなく、藤九郎にははっきりと時がない。唇を動かすことができるうちに、喋りたいことを喋っておかなければならない。

「お分かりか。それがしはずっと山脇殿に気を留めていた。ただし、それは、万が一の躰の急変を怖《おそ》れてのことでござる。その山脇殿が突如脇差を抜いて、誰よりも昵懇《じっこん》にされている岩谷庄右衛門殿に斬りかかるなど、予期するべくもなかった。そうで、ござろう」

「いかにも」

不意の落命を怖れて見守っていた人物が、逆に仲間の命を取ろうとしたのだ。驚きはいかばかりであっただろう。博文には同情を禁じえなかったが、やはり、想いはすぐに事件の本筋のほうに戻る。

「山脇様が突如席を立たれたときですが、会も押し詰まった頃だったそうですね」

直人は腹を据えて、砂粒を探すことにした。なぜ、頼み人が「喋らせてやってくれ」と頼んできたのかに得心できてみれば、おのずと頼み人に対する見方も変わってくる。雅之が言うように、ずっと遠くから観つづけていたからこそ見えるものがあるのかもしれない。あるいは頼み人は、白傘会の誰よりも正しく白傘会の仲間であり、一人一人を知悉《ちしつ》しているのではなかろうか。

「さよう。あの夕は、当番の岩谷殿とも打ち合わせて、近頃、評判を取っている上野山下は五条天神《ごじょうてんじん》の中村の料理にしようではないかということになりましてな。荒く叩《たた》いた蛤《はまぐり》の身と、割りほぐした卵を合わせて蒸した時雨卵《しぐれたまご》が名物なのですが、いや、評判にたがわぬ旨さと、一同、堪能《たんのう》して、最後の水菓子が出た頃に、山脇殿の様子が急におかしくなったのでござる」

「山脇様は、その時雨卵は……」

「いや、さすが名物、と口にされていました。なにしろ、病が病で、閊えがあるわけですので、それがしも、一品《ひとしな》、一品、それとなく気をつけておったわけです。しかし、あの日は特に具合がよかったのか、時雨卵だけでなく、最初の鯒《こち》の造りも、鶉《うずら》の吸い物も、量こそ加減しているものの、笑顔で箸を取っておられました。山脇殿の異変に、料理が関わっているとは思われません」

「もしも、関わっているとしたら、水菓子ということになりますか」

「いや、しかし、水菓子が気に入らぬから刃傷に及ぶというのは、いかにも無理がありましょう。ただの真桑瓜《まくわうり》ですし」

「しかし、真桑瓜が出されたときではあったのですね」

「目で見ている限りでは、そうなります。いや、そうですな……」

少し考える風を見せてから、博文はつづけた。

「言われてみれば、たしかにおかしな素振りはありました。ただの真桑瓜なのに、あたかも初めて見るような目つきで見ておるのです。どうしたのかと訝《いぶか》って、それがしが『傷《いた》んでおりますか』と声をかけると、『いや』とだけ答えました。それから、数呼吸置いて、山脇殿は立ち上がったのです」

ならば、やはり、真桑瓜が砂粒なのか。

しかし、あのごろんとして眠たげな真桑瓜のどこに、脇差を抜かせるものがあるのだろう……。

「なんでもよろしいのですが、あの夕、会場となった座敷に、これまでなかったものが設《しつら》えられてはいなかったでしょうか。たとえば、書や絵画等は架かっておりましたか」

あるいは、それは喰い物ではないのかもしれないと、直人は想う。たまたま真桑瓜が出されたときに、藤九郎はその砂粒を目にした……。

「架かっておりましたが、いずれも以前から馴染んでおるものばかりです」

「人はどうでしょう」

「当初は、当番の御屋敷の方々にお世話をいただいておったのですが、御家族御親類に御負担をおかけすることもあり、途中から、一同、申し合わせまして、口入れから人を頼むようにしました。したがいまして、人が変わるのはいつものことであり、またそれが、当番の方とは関わりないことは皆、承知しております」

そのあとも、直人は手当たりしだいに砂粒を拾い集めつづけた。

直人の問いに応《こた》えて、安井博文が話したいだけ話し、さっぱりとした顔つきになったときは、午《ひる》九つを回って、九つ半に差しかかっていた。

午飯《ひるめし》抜きで丸々一刻半《いっときはん》、話を聴きつづけたにもかかわらず、探し物は見つからなかった。

博文の屋敷を辞して、ますます強くなる陽が穿《うが》つ通りへ出ると、疲れがどっと押し寄せる。けれど、それはかならずしも徒労というわけではなかった。

探索に当たる者は、聴き疲れなければならないし、問い疲れなければならない。そうして、探索に欠かせない筋《すじ》のようなものが、太くなっていくのである。

表の御用には、表の御用のための筋があるし、頼まれ御用には、頼まれ御用のための筋がある。九つ半の湯島天神裏門坂通りを往く直人は、空《す》きっ腹《ばら》を抱えながらも、このところずっと使っていなかった筋に、久々の張りを覚えていた。

その張りをたしかめるにつれて藤九郎と正対する気構えが俄《にわか》に育ってきて、このまま午を取らずに、藤九郎が預けられている親類の屋敷へ向かうか、と直人は思う。

そのとき、下谷広小路へ抜ける手前に見えてきたのが、茶漬けで名を売っている東《とう》金《がね》で、直人の腹が盛大に鳴った。茶漬けはどうということもないが、添えられてくる古漬けがなんとも箸を手繰《たぐ》らせる。

気持ちの勢いを大事にするか、しっかりと用意を調えるか。思わず足が止まって、やはり、このまま行こうか、と踏ん切りかけたとき、角の系図売りの浪人と目が合った。

あの雅之に似た笑みを浮かべつつ、浪人は手招きする。珍しく、客はいない。

踵《かかと》が勝手に応じて、前に立った。

「お名前は？」

笑顔に釣り合った声で、浪人は言う。

「片岡、と申す」

自分がためらわなかったのが意外だった。

「片岡……いろいろ、ありますぞ」

浪人は積み上げた家系図に手を伸ばす。

「しかし、あまり、こう、ぱっとしたのはないな」

首を傾《かし》げつつ、言った。随分と正直な系図屋だ。

「なんというか、頭に立つ家ではないのだ」

「ほお」

御用とまったく関わりのない言葉を交わすと、なぜか、汐《しお》が引くように疲れが薄れていくのが分かって、直人は両の足を揃えた。

「みんな、誰それの家臣というものばかりでな。ま、いちばん通りがいいのは、畠山《はたけやま》家の家臣団かな。ひと口に、畠山家家臣団といってもいろいろあるのだが、片岡家は大和衆の有力家臣だ」

「大和衆？」

「応仁《おうにん》の乱以降に加わった、大和国《やまとのくに》の国人衆《こくじんしゅう》だよ。他には……土佐の長宗我部《ちょうそかべ》の家臣団というのもあるぞ。あとは、千葉氏の家臣団だ。あの房州《ぼうしゅう》の名門の千葉氏。あまり大向こう受けはしないが、きらりと光るというやつで、こいつなんぞは渋いのではないかな。俺の好みならば、これにする」

「なるほど」

「やはり、もっと華々《はなばな》しいのがよいというのであれば、言ってくれ。いかようにも注文に応じる。甲斐武田氏の御親類衆《ごしんるいしゅう》でも、信長《のぶなが》の三大将《さんだいしょう》でも想うがままだ。値段はどれも変わらず五百文。お主の懐具合《ふところぐあい》によっては三百文でもいい。このあたりでは、いちばん安くて、品物もいいと喜ばれておる。使っている紙もな、そこいらのとはちょっとちがうのだ。繁《しげ》く捲《めく》るので丈夫に作らねばならん大福帳と同じ紙で、容易なことでは擦り切れん。毎日、捲っても音《ね》を上げない」

「どういう客が多いのであろうか」

まさか、毎日は捲るまい。

「いろいろだ」

「繁盛《はんじょう》のようだ」

言葉を交わすほどに、気が満ちていく。

「己の立つ処の、前よりも後ろに安住の場を求める者は、身分を問わず数多くいる。よいのではないかな。後ろ向きで安らいでも。前を向いておればよいというものでもあるまい」

「なかには、信じる者も少なくないのであろうな」

「これを見ろ」

浪人は平台《ひらだい》の前に小さく吊《つ》り下げられた札《ふだ》を示した。そこには、沢田源内《さわだげんない》と書かれている。

「俺の名だ」

「沢田源内殿と申されるか」

「淩《しの》ぎの上での名だ。百年よりもずっと前の、いんちき系図づくりの元祖でな。いやというほど、出鱈目《でたらめ》の史書や系譜をでっち上げた。まあ、剣術における宮本武蔵《むさし》のようなものだ。この札さえ見れば、そういう品物であることはすぐに分かる。あとは、それをどう使おうと、客の随意だ」

「それでよいのかな」

「系図だぞ」

笑みは切らさぬまま言った。

「ただの空《くう》だ。実《じつ》、はなにもない。使う者が実をこしらえる。それで、過不足なかろう」

「なかなか為《ため》になる」

「しかし、お主、系図は要《い》らぬな？」

「相手をさせて済まんが」

た。気にするな」

「よいよい。俺も息抜きがしたかった。お主ならば息抜きになりそうなので呼び止め
「もっと軽いものならば求めたいが、なにか、おもしろそうな刷り物はあるか」

そろそろ切り上げる頃合いだと、直人は思った。浪人のお蔭で、気をもらった。礼代わりに刷り物でも買って、やはり、この足で藤九郎の処へ向かおう。

「みんな、いいかげんなものばかりだということは知っておろう。しかし、そうだな。これは今日、入ってきたばかりのものだ。ま、お決まりの番付物《ばんづけもの》なのだがな、そんじょそこらの番付ではない。ほれっ、変わり野菜番付だ」

「変わり野菜番付？」

思わず、直人は覗《のぞ》き込む。

「いろんな野菜産地で穫《と》れた、化けもの野菜の化けもの比べだ。今年の東の大関は、人形《ひとがた》をした滝野川人参《たきのがわにんじん》だが、これはちょっと当り前すぎるな。この西の小結の、人が歩いている形の砂村茄子《すなむらなす》のほうがよほどおもしろいと思うが、どうだ」

「どうも、野菜というのは、いまひとつ興が乗らんな」

「ならば、こいつはどうだ。ちょっと、まともすぎるかな。病のときの禁忌だ」

浪人が別の一枚刷りを置く。絵入りの表になっていて、小さな枡目《ますめ》が数多く収まっ

ている。直人は、ざっと目を泳がせた。

「これは……」

ある枡目の処で、その目が止まる。

貼《は》りついたまま、離れない。

「こいつは麻疹のやつだな。ま、気休めのようなもんで、真っ正直に受け取ってもらっても困るが」

頭がぐるぐると回って、おそらく、まちがいはあるまいと直人は思う。

まさか、こんなところで出くわすとは。

「これを、くれ！」

紛《まご》うことなき砂粒が、そこにあった。

半　　　席

山脇藤九郎は遠縁の細工所頭《さいくじょがしら》、原田《はらだ》八十助《やそすけ》に預けられていた。屋敷は元鳥越町《もととりごえちょう》にあって、下谷広小路からは遠くない。枡目の刷り物を手にした直人は直《す》ぐに踵《きびす》を返し、半刻とかからずに門前に立った。

あらかじめ訪れることを伝えていないので、断わられても仕方がない。しかし、身分と姓名を名乗り、訪問の趣旨を告げると、かなりの間《ま》はあったものの、特段の支障もなく藤九郎の待つ座敷に迎え入れられた。

あるいは、伏せっているかと想ったが、藤九郎は寝間着ではなく、小袖《こそで》を着けて座していた。とはいえ、具合はけっしてよくはなさそうで、待たされたのは、藤九郎が夜具を離れて、着替えをしていたためと知れた。

思わず、横になったままでも差し支えない旨《むね》を口にしたくなったが、それはけっして言葉にしてはならなかった。八十七歳の武家の矜持《きょうじ》に、泥を塗るわけにはいかない。

「皆様に御迷惑をおかけし、誠に申し訳なく、痛み入ります」

間近で、直人の訪問に謝辞を述べる藤九郎は小さく、やさしい顔立ちで、失礼だが、老女のごとく愛らしく映った。まるで木目込人形《きめこみにんぎょう》のようで、とても本身の脇差を振った人物とは思えず、その様子を認めたとき、直人は、おそらく、自分の筋立ては当たっているだろうと思った。

「いかがでしょうか」

あらためて、老人と正対することを律して、直人は声を発した。

「話されるお気持ちにはなりましたか」

藤九郎を早く夜具に戻すことを優先すれば、直ぐに袂《たもと》から刷り物を取り出すべきだったろうが、直人は、藤九郎の所存を大事にしたかった。

「今回の一件は、白傘会の皆様方が目に留められたとおりでございます」

一語、一語を、はっきりと、藤九郎は音にした。

「責めはすべてそれがしに帰するものであり、いかなる御沙汰を下されても抗弁はいたしません」

「さようですか」

小さな肩に、真《まこと》の筋は冥土《めいど》まで持っていくと決めた覚悟が宿って見えた。

「されば……」

直人は袂に手を入れた。時は大事に使わねばならない。

「これを、ご覧いただきたい」

藤九郎が本心から喋りたくないのか、頼み人が言ったように、喋りたくても喋れないのか……広げた一枚の刷り物が、はっきりさせてくれるはずだった。

「以前にも、目にされたことはありますか」

一瞥《いちべつ》するや、藤九郎の様子がみるみる変わった。首を項垂《うなだ》れ、努めて張っていた肩が崩れて、いよいよ小さくなった。早出の蜩《ひぐらし》が、不意に、濡れ縁の向こうで得意を鳴き始める。

「よく、お分かりになりましたな」

ひと鳴きを終えた頃、藤九郎が顔を上げて、憑《つ》きものが落ちたような様子で言った。そのふわりとした顔を目にしたとき直人は、やはり、頼み人は外さなかったと思った。

「もう、二十八年も前のことでござる」

二人のあいだに置かれた刷り物には、六十の枡目があって、そのなかに喰い物が描かれている。

「次男が、麻疹にかかりましてな。名は健吾と申します」

半分の三十は、麻疹のときに食べてよいもの。そして、残りの三十は、麻疹のときに食べてはいけないもの。食べてはいけないものの枡目の一つに、真桑瓜があった。

「それより前に惣領を亡《な》くしておりましたので、流行り病にかからぬよう、できる限りのことはやって育ててきたつもりなのですが、元服も済ませた十七になって、つかまってしまいました」

直人は黙したまま、頭を下げた。

「惣領は十二で逝《ゆ》きましたので、健吾が元服を迎えられたときは、それはもう嬉しいなどというものではありません。振り返ってみれば、あのときが、それがしにとっては至福のときでした。それから、わずか二年の後の麻疹です」

蜩がまた鳴き始めて、直人は拳《こぶし》ひとつ、藤九郎に近寄った。

「負けてなるものかと、看病に努めました。よいとされることはすべてやったし、なんとか伝《つて》を求めて、我々では診てはもらえない医者にも診てもらった。その甲斐あってか、もう難しいかもしれないと引導を渡された状態から快方に向かったのです。今日明日にも床上げができるのではないか、と想わせるところまで持ち直しました。そのように、半ば安心しかけたときです。健吾が、真桑瓜を食べたいと言い出しました」

藤九郎がちらりと、刷り物に目をくれた。

「惣領を亡くして以来、それがしは医者に呆れられるほどに医書のたぐいを読みあさっておりましたので、こういう巷間《こうかん》の俗説は相手にしていなかった。見たこともありませんでした。しかし、自分がなんとしても失いたくない者を失うかもしれないとなれば、話は別です。医者から摂《と》るように指示された食べ物のなかに、真桑瓜は入っていなかった。はたして、食べさせてよいものかどうか、それがしは慌てました。そのとき、見舞いに来てくれていたのが岩谷庄右衛門殿で、岩谷殿に尋ねたのです。岩谷殿には誰よりも近しいこともあり、日頃からなんにつけ相談をさせていただいておりました」

「そのとき、ですね」

直人は初めて、口を挟んだ。

「さよう。岩谷殿は大丈夫だと言いました。真桑瓜だけでなく、瓜の類《たぐい》はすべて食してよいと。それで、健吾に与えることにしたのです」

ひとつ息をついてから、藤九郎はつづけた。

「健吾の容体が急変したのは、その翌日です。そして、あっという間に息を引き取りました。直後は哀《かな》しみばかりで、真桑瓜を含めてなにも考えることができなかった。しかし、日を経るにつれて、床上げ間際《まぎわ》で食べた真桑瓜のことが思い出されるのです。けっして俗説には取り合わなかったそれがしなのに、いくら打ち消しても、真桑瓜のせいではないかという疑念を拭えません。たまたま、その頃、刷り物も手に入れました。やはり、と思いました。やはり、真桑瓜はいけなかったのだと思いました。一方で、そんなものが関わりがあるはずもないとする、かつての己もいて、日々、綱引きをしておりました。午のあいだはだいたいかつての己が勝って、陽が沈むと、俗説を受け容《い》れる己が勝ちます。健吾が逝ってからは、その繰り返しの日々でした」

「それがだんだんと、夜が長くなっていったのですか」

「ご明察です。齢を重ねるほどに、午が薄れてゆきました。白傘会に入る頃には、もう一日中が夜です」

「岩谷様を、怨《うら》まれたでしょうね」

「最初は、岩谷殿の言葉を鵜呑《うの》みにした己を責めておりましたが、すぐにそんな余裕はなくなりました。お若い片岡殿に分かっていただこうとは思わぬが、独りで老いていきますとな、かつては己にとって玉《ぎょく》だった諸々が、どんどん石になっていきます。昔、それがしにとって、大川の桜と上野御山の桜はまったく別の花でした。大川は八重《やえ》で、御山は一重《ひとえ》です。それがしには、けれんみなくすっと咲く御山の桜こそが桜でした。が、いまはどうでもいい。それがしを埋め尽くそうとする、無数の石の一つにすぎません。誰でもない、己がひとつひとつ、玉を石に変えていくのです。いつしか自分のいる場処は、色を失った石だけがどこまでも転がっている。そのうち、ほんとうに、石の軋《きし》む音が聴こえるような気になって、ああ、こんなとこで死にたくないなと思うのですが、どうにもなりません。そんな己を思い知るにつれ、岩谷殿を怨むことしかできなくなりました」

「それでも、岩谷様とは変わらぬお付き合いをされていましたね」

「それもまた、それがしです。思うに、人は己のなかに、幾人もの己を抱えておるのではありますまいか。健吾のことで邪心を募《つの》らせる己がいる一方で、変わらずに岩谷殿を敬愛する己もいるのです。そういう己がいる限り、交わりを保つことはできますし、また、毒を溜め込む己にしても、その毒を封じることは可能です。しかし、あの夜は、そのどちらもが、それがしのなかから消え失《う》せました」

「まさか、最後に真桑瓜が出てくるとは想ってもおられなかった」

「さようです。実は、それがしは、岩谷殿がずっと察してくれているとばかり想っていたのです。それがしが真桑瓜のことで心中もがきつづけてきたように、岩谷殿も真桑瓜を大丈夫と請け合った己の一言を抱え込んでいると信じていた。その上で、変わらぬ交わりをつづけていることを疑いませんでした。また、だからこそ、それがしも、毒を封じることができたのです。ですから、最初は、あれが真桑瓜であるとは信じられなかった。きっと、ちがう瓜だと思いました。しかし、幾度、見返しても、それは真桑瓜でしかない。思わず、向かいにいた岩谷殿に目をやると、隣席の方と歓談しつつ、真桑瓜を頬張《ほおば》っていました。その瞬間、それがしは岩谷殿がこの二十八年間、まったく真桑瓜に気を留めることなく生きてきたことを悟ったのです。気がつけば、それがしは立ち上がっていました。そうして脇差を抜き、岩谷殿に斬りつけたのです」

直人はただ、深く頷いた。

「いまは心底《しんてい》より、岩谷殿には申し訳なく存じております。振り返れば、すべてはなんの根拠もないこと。ただ、己の心の弱さが、邪心を育《はぐく》んだにすぎません。本来ならば、参上して、幾重《いくえ》にもお詫《わ》びし、御赦《おゆる》しを願うべきところなれど、不本意にも躰が言うことをきかず、かないません。誠に勝手なお願いながら、この旨、岩谷殿にお伝えいただければありがたい。一度の御縁を頼って、片岡殿には恐縮極まるが、曲げてお願い申し上げる」

「しかと、承《うけたまわ》りました」

答えるが早いか、直人は家人《かじん》を呼んだ。一刻も早く、夜具に戻ってほしかった。

「どうやら、間に合ったらしいぜ」

それから八日が経った宵の七五屋で、雅之が言った。

「傷はまだちっと開いていたが、一昨日《おととい》、庄右衛門のほうから、元鳥越町へ出向いたらしい。互いに、赦しを乞《こ》うたそうだ」

「よかったですね」

「しかし、まさか、そのすぐ明くる日に、お迎えが来るとはな」

雅之が燗徳利を傾ける。

「やはり、安心したのでしょうか」

直人も、猪口を干した。

「そうさな。ああ、片岡に見せたいものがあったんだ」

そう言って、雅之が袂から取り出したのは、あの麻疹の刷り物と同じような一枚の紙だった。

「見てみな」

目を向けると、やはり、麻疹のときに食べていいものといけないものの絵図だったが、同じようでいて、まったくちがっていた。

「なっ」

真桑瓜が、食べてよい枡目に入っていたのだ。

「こわいですね」

系図を「ただの空《くう》だ」と言った、広小路の浪人の言葉が思い出された。

「実《じつ》、はなにもない。使う者が実をこしらえる」と。

「ああ、こわい。だがな、片岡は、ほんとうにこわくなっちまうところで、よく引き戻したよ」

「そうでしょうか」

「そうともさ」

開け放たれた引き戸の向こうを、比丘尼が白く横切った。

六代目中村庄蔵

小伝馬町牢屋敷《こでんまちょうろうや》での検死を終えて本銀町《ほんしろがねちょう》三丁目に差しかかったときは、既に夜の六つ半を回っていた。

下手人《げしにん》の刑であれば、陽《ひ》のあるうちに執《と》り行われるのだが、今日の検死立ち合いは死罪の斬首《ざんしゅ》なので、執行は夜と定められているのだった。

過《あやま》って人を殺《あや》めた者が首を打たれるのが下手人で、申し開く余地のない者に科せられるのが死罪。同じ斬首であっても、下手人は亡骸《なきがら》の引き取りもできるし、弔うこともできるが、死罪となれば一切許されず、おまけに、取り捨てにされる前に、小塚原《こづかっぱら》の刑場に移され、御様御用《おためしごよう》五代目、山田浅右衛門吉睦《やまだあさえもんよしむつ》によって試し斬りに供される。自慢の銘刀の斬れ味をなんとしてもたしかめたい輩《やから》が、五代目浅右衛門の屋敷の前に列をつくっているのである。順番を待つその数ほどには死罪や獄門《ごくもん》は出るものではなく、骸《むくろ》は一度といわず、幾度となく刃《やいば》を受けるのが常だった。

月は十一月に入って、牢屋敷の練塀《ねりべい》を出てみれば、新月から戻って半ばの月が青い光を放ち、周囲をぐるりと取り囲む堀には薄氷《うすごおり》が張っていた。徒目付《かちめつけ》、片岡直人の目の裏には、浅右衛門が土壇場《どたんば》で振るった大太刀の一閃《いっせん》がまざまざと残って、まだ背筋を凍らせている。幾度、立ち合っても、斬首に慣れることはない。

だから、通町筋《とおりちょうすじ》に建ち並ぶ呉服店の灯りを認めたときは思わず気持ちが緩んで、盛大に白い息が洩《も》れた。

そういえば、今日は十一月も八日だ。あと七日すれば七五三ということで、まだ通町筋は人であふれている。惜しげもなく点《とも》された百目蠟燭《ひゃくめろうそく》の灯りが往来を橙色《だいだいいろ》に染めて、冬至《とうじ》の月の寒気さえ吹き飛ばすかのようだ。旗本や大店《おおだな》の家であれば、子女はもちろん、御宮参りに付き添う従者の着物まで新調する。きっと十五日を迎えるまで、店前《たなさき》はごった返すのだろう。

日々、通《かよ》っている路《みち》なのに、足を運ぶたびに、なんといっても通町筋は江戸の町並みの顔であるという想いを新たにする。筋違御門前《すじかいごもんまえ》の神田須田町《すだちょう》から芝の金杉橋《かなすぎばし》まで、御府内を南北に貫く目抜き通り。なかでも、目を奪われるのが、京橋側から日本橋を渡ってからで、天下一と謳《うた》われる橋の意外な小ささに拍子抜けした地方からの客も、駿河町《するがちょう》の両側を埋め尽くす越後屋《えちごや》の偉容に接すれば、もう土産話は十分だ。

なにしろ、通りの向こうで衝立《ついたて》になっているのは富士山である。その真っ白な霊山《れいざん》に掌《てのひら》を合わせんとするかのように、壁はもとより軒先まで厚い漆喰《しっくい》で塗り固めた土蔵造りの豪壮な店が軒を並べる。

越後屋だけではない。本通りに戻ると、十軒店本石町《じっけんだなほんごくちょう》あたりまで、贅《ぜい》を尽くした呉服屋が建ち並ぶ。引き寄せられて暖簾《のれん》を潜《くぐ》れば、そこでは反物の切り売りもしていて、半襟《はんえり》の替えを気軽に楽しむことができるし、買ってすぐに着て帰れる仕立て売りだってやっている。気持ちが弾んでくる上に使い勝手までよく、で、通りはいつも賑《にぎ》わっている。

青い月明かりだけの小伝馬町から四つ角を三つ通り過ぎるだけで、この華やぎに包まれる。天国と地獄は隣り合わせのようだと思いながら、直人は竜閑川《りゅうかんがわ》に架かる今川《いまがわ》橋《ばし》へ向かった。

そこを渡ると、通町筋はとたんに顔つきを変える。呉服の大店の町から、職人の小さな仕事場がひしめく町になる。はっきりと、日本橋から、神田になる。

橋を背にすると、すぐに鍛冶町《かじちょう》、そして鍋町《なべちょう》。東西の路に分け入れば、紺屋町《こんやちょう》があり、塗《ぬ》師町《しちょう》があり、白壁町《しらかべちょう》がある。職人仕事の名を冠した町が、延々と広がる。

今朝方、直人はいつものように、この通町筋を逆に歩んだ。

徒目付の組屋敷はいくつかに散っていて、直人の長屋は上野御山《おやま》裏の下谷《したや》御《お》箪笥《たんす》町《まち》にある。本丸表御殿《ほんまるおもてごてん》中央にある徒目付の内所《ないしょ》に通うには、下谷広小路《ひろこうじ》から御成街道《おなりかいどう》を通って筋違御門を渡り、須田町へ抜ける。

そうして通町筋に分け入って、そのまま鍋町に差し掛かったとき、白々と明け出した脇の通りから、「ほたけ、ほたけ」と囃《はや》す子供たちの声が届いた。

火を焼く、と書いて火焼《ほたけ》。十一月八日は、日本橋にあっては七五三の七日前だが、鍛冶職人の集まる神田では鞴祭《ふいごまつり》の当日だ。その日、祭っている稲荷《いなり》神に供物《くもつ》を積み上げた鍛冶職人は、未明から近所に蜜柑《みかん》を撒《ま》いて歩き、待ちに待っていた子供たちが我れ先にと拾いまくる。

直人は夜明けの喚声《かんせい》を思い出しつつ、急に暮らしの匂《にお》いが濃くなった通りを行く。知らずに、小伝馬町で背負《しょ》いこんだものが薄らいで、肩の力が抜けていく。

鍋町の角を左に折れると、そこは多町《たちょう》で、神田青物五町《あおものごかちょう》のひとつだ。職人の町と青物の町が入り交《ま》じる。

なぜか陽のあるうちに春をひさぐ、比丘尼《びくに》が寝座《ねぐら》にする町でもある。しだいに藍色《あいいろ》が深くなって、そろそろ、家路をたどる白い尼姿が浮かび上がる頃合いだ。

徒目付組頭の内藤雅之が待つ居酒屋、七五屋《しちごや》はそういう界隈《かいわい》にある。

今日は、どんな頼まれ御用を、あの上司は振ってくるのだろう。

「小松川《こまつがわ》の根《ね》で、カイズが上がってるらしいぜ」

今朝方、徒目付の内所に上がり、月番が回ってきた小伝馬町牢屋敷での検死立ち合いに向かおうとすると、雅之がいつもの悪戯《いたずら》めいた笑みを浮かべて言った。

「蛤《はまぐり》を餌に畑白《はたじろ》を釣ってたら、尺近いのが掛かったてえ話だ」

外から持ち込まれる頼まれ御用を直人に振ろうとするとき、雅之は決まって釣りの話から入る。これといった遊びと縁がない直人にとって、唯一《ゆいいつ》の息抜きが釣りだ。で、雅之は、直人のその最も柔らかい部分を攻めてくる。

「カイズ、ですか」

そろそろ、雅之が頼まれ御用を差配してくる頃だと用心していた直人も、思わず喰いついた。めったには上がらない黒鯛《くろだい》の、若魚《わかうお》がカイズである。時期を逃したら、いつお目にかかれるか分からない。釣りは、目当ての魚が浅場まで上がってくる、つかの間の季節のみに許される楽しみだ。道糸《みちいと》の長さには限りがある。深場に戻られたら、もう縁はない。出逢《であ》い、なのである。

「船、出すかい?」

「そう……ですね」

くわえた餌を、直人はいったん吐き出す。気難しい黒鯛のように餌をふかして、呑み込んでいい獲物かどうかを見極めようとする。

「テグスも手に入った。いいだけ分けるぜ」

「テグスが？　まっことですか」

カイズといい、テグスといい、雅之はほんとうに弱い処《ところ》を突いてくる。

近頃、どこの釣具屋に足を運んでもテグスは品切れだ。しかたなく馬の尻尾《しっぽ》の毛を使っているが、道糸ならともかく、釣り鉤《ばり》をつなぐ鉤素《はりす》に馬毛はいかにも具合がわるい。餌のなかには鉤が隠れてますよと、魚に教えているようなものである。

とはいえ、テグスは唐《から》からの渡来物《とらいもん》で、海の向こうでなにかごたごたがあると、とたんに品薄になる。この時期、釣り人がテグスを餌にされれば、鉤素がはっきりと見えていても目をつぶって喰いつかざるをえない。

「小伝馬町は六つ半には終わるな」

「はあ」

せめて、往生際《おうじょうぎわ》はよくしようと、直人は餌をふかすのを諦《あきら》めて言った。

「じゃあ、その足で七五屋に寄ってくれねえか。実あ、尺のカイズを上げたのは、七五屋の親爺《おやじ》なんだよ」

七五屋の店主の喜助は自前の小船を持っているほどの釣り好きで、海が大荒れしない限り、自分で釣り上げた獲物だけを振る舞う。思わず、この冬初めてのカイズの透き通る白身が浮かんで、直人は、いかん、いかんと己を諌《いさ》めた。喰い物なんぞ、腹がくちくなりさえすればなんでもいいと信じてきたのに、この上司と縁ができてから舌が勝手を言うようになった。

「刺身もいいが、やっぱり焼き塩振って、遠火で炙《あぶ》るかなあ」

直人の想いを知らぬげに、雅之が顔をほころばせる。焼いて水気《みずけ》を飛ばした塩でないと、せっかくの身の白さが濁るのだそうだ。

「それでは、自分はこれで、小伝馬町へまいります」

さすがに、相槌《あいづち》は打たない。武家が喰い物なんぞを云々《うんぬん》してはならぬという戒めが、まだ躰《からだ》のどこかに残っている。

踵《きびす》を返して内所を出た直人は、思わず半席、半席と呟《つぶや》いた。呪《まじな》いのように唱えながら、一刻も早く徒目付を抜けて勘定所に席を替え、御目見以《おめみえい》上《じょう》の勘定に駆け上がらなければならないという、いつもの想いを繰り返す。そうすれば、片岡の家は一代御目見《いちだいおめみえ》の半席を脱して、永々《えいえい》御目見以上の家筋《いえすじ》となり、直人のみならず、やがては得るのであろう直人の息子も生まれついての旗本になる。

徒目付になったのも、そのためだ。頼まれ御用の見返りに、惹《ひ》かれたのではない。そんな浮薄な理由で、無役《むやく》から這《は》い上がったのではない。徒目付の席からは、勘定の席をよく見渡すことができる。一見、なんの関わりもないようでいて、ふたつの御役目は密に結びついている。その結び目が緩むときは、おそらく、御公儀が崩れるときだ。

戦国の世が終わって二百余年が経《た》った文化の御代《みよ》でも、幕府の編成はいまなお軍団のままである。武家の政権ゆえ、戦時体制の組織を解《ほど》くことがない。とはいえ、いま、果たさねばならぬのは、軍事ではなく行政である。軍団が行政を司《つかさど》る危うさは、そのまま幕府の危うさとなる。

その危うさを封じ込めているのが、役方の財政と監察だ。この両翼に力がある限り、危うさの露呈は先送りできる。おのずと勘定所と目付筋の陣容を厚くして、編成の欠陥を補うことになる。ひいては、人の数をそろえるだけでなく、質をもつぶさに吟味する。だからこそ、ふたつの御役目の結びつきは解《と》きがたい。直人が余禄《よろく》の誘惑にきつく封をして、ひたすら勘定を目指す所以《ゆえん》だ。

なのに、雅之から頼まれ御用を持ちかけられると、つい気持ちが揺らぐ。

いまのところは半年に一度ほどで、今日、請けたとしても一年で四度ではあるが、回数が少ないのは言い訳にならない。戒めを破っていることに変わりはない。

なぜ……と己に問いつづけて、この夏、三度目の御用を果たし終えたとき、ふと、思い当たった。

おそらく自分は、内藤雅之という、なんとも風変わりな上司を、もっと知りたいのだろう。

あとふた月で年が替わって、文化七年になると、直人は二十八を数える。雅之はひと回り上だから、ちょうど四十で、まだ欲と無縁になる齢《とし》とは遠い。なのに、旗本へ身上《みあ》がろうとも、御用頼みに居座ろうともせず、残った場処で、ゆっくりと深く息をしている。

そこに雅之がいることで、初めてそんな場処が残っていたと分かる場処だ。

そういう勤めぶりをする役人を、直人は知らなかった。雅之を見ていると、自分がもうずっと昔に思いちがいをして、そのままになっているような気になる。

どんな思いちがいをしているのかを、直人は知りたい。

「鱈《たら》の胃袋の内藤唐辛子《ないとうとうがらし》和《あ》えだ。喰ってみるかい」

　直人が七五屋の小上がりに座ると、雅之が箸を動かしながら言った。小鉢からは、かすかに胡麻油《ごまあぶら》の香りが伝わる。カイズはまだ頼んでいないようだ。

「どうにもぱっとしねえ魚だが、胃袋だけなら鯛にも負けねえ」

「いえ」

　即座に、直人は言う。頼まれ御用の話の輪郭をひととおり摑《つか》むまでは、酒も喰い物も腹に入れないのが、直人の変わらぬ流儀だ。

「酒は勧めねえよ」

　おやっ、と直人は思う。

　いつもなら、酒を断わるたびに、口癖のように、「そこが、おめえの喰い足らねえところだ」と言う。「酒が入ったくらいで御用があやしくなるってのは、ちっとばかしやわすぎねえかい」と。

「片岡の扱い方が分かってきた、と言いてえところだが、実は、そうじゃねえ」

　そのとき、まるで計ったかのような頃合いで、直人の前に、店主の喜助が熱いほうじ茶の入った大きな湯吞みを置いた。喜助は、自分で焙烙《ほうろく》を使って煎茶《せんちゃ》を煎《い》る。両のてのひらを温めてから口に持っていくと、いつもながら香りの立ち方が半端《はんぱ》ではない。

「頼まれてもらおうと思っていた御用が、急に入れ替わっちまってな。腹をよくして一服したら、また小伝馬町に戻ってもらいてえのよ。いま、喜助に言って、湯漬けをつくってもらっている」

「小伝馬町に、ですか」

ようやく、そこを背にして、喜助のほうじ茶にありつき、気持ちが温《ぬく》もってきたところだ。正直、舞い戻りたくはない。

「罪囚《ざいしゅう》、がらみということですね」

とはいえ、徒目付ならば、己の気持ちを御《ぎょ》す術《すべ》は心得ている。どうせ、やらねばならぬのなら、自分からやろうとしたほうが、疲れは少ない。

「そういうことだ」

「揚屋《あがりや》ですか。それとも、揚座敷《あがりざしき》？」

頼まれ御用とはいえ、徒目付が扱うからには、武家であることはまちがいなかろう。これまでの三度ともそうだった。だから、小伝馬町牢屋敷でも、百姓町人が送られる大牢《たいろう》や二間牢《にけんろう》の罪囚ではない。揚屋に入る御家人か、あるいは揚座敷の旗本か。旗本ならば五百石には届かない家だ。それより上だと、入牢《じゅろう》はさせずに預《あずけ》になる。

「それが、そうじゃあねえから厄介なのさ」

雅之は手酌で燗徳利《かんどっくり》を注《つ》ぐ。直人が飲めないからといって、下手な遠慮はしない。そこがいい。雅之はいつも雅之だ。こっちも要《い》らぬ気をつかわずに済む。

「武家ではない、ということですか」

「ああ、茂平《もへい》といってな。元々の人別《にんべつ》は百姓だ。けどな、当人は自分を武家だと思い込んでるらしい」

「一季奉公《いっきぼうこう》ですね」

「ご明察さ」

建前としての幕府の軍団編成は、一人一人の幕臣をも縛る。たとえ下級の旗本といえども、いざ合戦となったときに備えて、戦力となる家臣を抱えていなければならない。とはいえ、大身旗本ならば代々の家侍《いえざむらい》をそろえることもできようが、小禄旗本では望むべくもない。で、中間《ちゅうげん》ばかりでなく、大小を差す侍をも、奉公人を斡旋《あっせん》する人《ひと》宿《やど》から雇い入れる。むろん、一年ごとの一季奉公だ。

その多くが百姓の出で、形を整えているだけであることは、御公儀も先刻承知している。で、人別を百姓のままにすれば、御公儀みずから決まりを破ることになるので、そのあいだだけは主家の人別に入れて、武家身分として扱う。そういう、にわか武家がこの江戸にはひしめいている。なかには、自分がほんとうに武家になったと、錯覚する者が出てもおかしくはなかろう。

「一季奉公の侍をしていたけれど、このところは寄子《よりこ》だったということでしょうか」

その茂平とやらの人別も、いまでは武家ではないらしい。つまり、ここしばらくは雇い直しがならず、侍奉公から離れていたということだ。そういうときは、人宿が抱える寄子となって、次の奉公の声がかかるのを待つ。

「いや、そうじゃねえ」

猪口《ちょこ》を傾けてから、雅之はつづけた。

「茂平は昨日入牢したんだが、入ったのは西の二間牢さ」

「西の二間牢。無宿《むしゅく》だったのですか」

小伝馬町牢屋敷は東牢と西牢があり、有宿か無宿かで入る牢が分かれる。西牢に入るのは無宿者だ。つまりは、寄子ではなかった。寄子なら、人宿の主《あるじ》の人別に入る。

「ひと月半ばかり前までは侍奉公をしていたんだが、躰を壊してな。どんな人宿だって、病人は抱え込まねえ。寄子にもなれなかったってことだろう。それからはずっと、無宿の暮らしをつづけていたらしい」

江戸はそういう人間で溢《あふ》れている。あの牢屋敷を取り巻く堀に張った薄氷を、踏むがごとく暮らしている者は、おそらく町の衆生《しゅじょう》の半分ではきかないはずだ。江戸では誰もが、ある日突然、茂平になる。明日は大川に身を投げるかもしれない連中が、今日はからからと笑っている。町奉行のいちばんの御役目は、そういう薄い氷の上で凌《しの》いでいる群れを弾《はじ》けさせないことだ。

「で、茂平はなにをやったんです？」

喰い詰めての盗みか、荒れた末の喧嘩《けんか》か、その揚句《あげく》に人を殺めたか……。どんな罪を犯したとしても、驚きはしない。おそらく、茂平は崖《がけ》っ縁《ぷち》にいたのではなく、縁《ふち》を落ちていたはずだ。守るものはなにもない。

「それがな……」

ふっと息をついてから、雅之は重い唇を動かした。

「なんともやりきれねえが、このままいきゃあ、茂平は鋸挽《のこぎりびき》になる」

「鋸挽！」

驚きはしないはずなのに、直人は十分に驚いた。

鋸挽は六通りある死刑のなかでも最も重い刑罰だ。

実は死刑は五通りだけで、鋸挽だけは別扱いと言ってもいいほどに、凄《すさ》まじさが突出している。

まずは、人が座るとすっぽり収まるくらいの箱を、地中に埋める。

そこに、罪人を入れ、首だけを出させて衆人に晒《さら》す。ただ晒すのではない。首の左右には、道行く人に挽かせるという名目で鋸が置かれる。それが、三日二晩だ。

あくまで名目なので、ほんとうに鋸を手に取る者が出ぬよう監視人が置かれはするが、三日二晩のあいだ、その目が常に切れないわけではない。往来に首だけを晒して、近づく足音に怯《おび》えつづける恐怖はいかばかりであろう。

晒し終えると、市中を引き回され、そして仕上げは磔《はりつけ》となる。

磔だけでも、凄惨《せいさん》を極める。

初めて、その刑を見届けなければならなかったとき、直人は幾度も戻した。胃の液まで戻した。なにも、あそこまで、亡骸《そこ》を損ない、傷《いた》めることもなかろうに。

そのように鋸挽だけが異常に酷《むご》いのには、相応の名分がある。

鋸挽は、もろもろの罪に適用されるわけではない。逆罪《ぎゃくざい》と呼ばれる、けっして犯してはならぬ罪のみに用意された刑罰なのだ。

「主殺《しゅうごろ》し、ですか」

直人は言った。主殺しは、親殺しよりも重い。

「ああ」

雅之は答えた。

「どうして」

「それを片岡に聴き出してもらいてえのさ」

口が渇いて、直人はほうじ茶のお代わりを頼んだ。喜助が柔らかい返事をよこして、少しだけ気持ちが軽くなる。ついでに、「湯漬け、お出ししますか」と聞くので、それは話が終わってからにしてくれと答えた。「承知しました」と言ってから、「伺《うかが》っときたいんですが、塩鰹《しおがつお》と子うるかならどちらがよろしいでしょう」と付け加える。迷わず、塩鰹と答えた。せっかくの子うるかだ。どうせなら、味がちゃんと分かるときに口に入れたい。

「落命した主家《しゅけ》は、大番組番士《おおばんぐみばんし》の高山元信《たかやまもとのぶ》。六十一歳だ」

喜助の背中を見届けた雅之が、話を戻す。

「家禄は職禄ちょうどの二百俵。ま、いちばんしんどい実入りだろう。そろそろ、嗣《し》子《し》の直次郎に家督《かとく》を譲って、隠居を考えていた。そんなところに襲った不幸というわけだ」

「とにかく、事件の経緯をお聴きしたほうがよさそうですね」

「それさ」

言ってから、雅之は大きく息をついた。

「それが、なんとも説明しづれえのよ。つまり、事件になりそうな雲行きはなにもなかったってえことだ。俺も要領を得ねえんで、最初から順を追って喋《しゃべ》っていくが、まず、茂平が躰を壊して、侍奉公を辞めたことは話したな」

「ええ、その奉公先が高山家だったのですね」

「ああ、雇い直しを繰り返して、かれこれ二十年以上も勤め上げたらしいぜ。いまどき、めずらしいこった。二十代の半ばから四十八まで。そんだけいりゃあ、もう、譜《ふ》代《だい》の家侍と変わるめえ」

「よほど、御勤めぶりが気に入られたのでしょうね」

「らしいぜ。一季奉公といやあ、中間にしろ侍にしろ、口だけ動かして、躰はちっとも動かねえってのが相場だ。ま、年に二両か三両の給金と決まってて、一年経《た》ったらお払い箱かもしんねえとなりゃあ、気持ちも分からねえじゃあねえがな。使うほうは気兼ねしいしい用事を頼んで、使われるほうはいやいやながらを隠さずに雑な仕事をする。ま、そんなこんなが当り前になってる昨今だ。ところが、茂平はそうじゃなかった。ま、いちおう侍ってことで雇われたんだから、それらしくしてたって済むのに、中間が四の五の言ってやろうとしねえ水汲《みずく》みや米搗《つ》きなんぞまで、進んで買って出たようだ。むろん、割り増しをよこせなんてこたあ、これっぽっちも言わねえ。そんなありがたい一季奉公がいりゃあ、気がついたら二十何年過ぎてましたってことになってても不思議はあんめえ」

「しかし……」

「なんだい」

「それだけ尽くした茂平を、高山の家は病《やまい》になったとたんに放り出したわけですか」

もしも、そうだとしたら……と直人は思う。殺しまではともあれ、茂平が道を踏み外したとしても不思議はない。

「それが、そうじゃねえんだよ。ま、あんまり芝居じみた話で、初めは眉唾《まゆつば》だったんだがな。どうやら、ほんとうらしい」

「なんなんです」

「茂平の病ってのは肝の臓で、どうやらだいぶいけねえらしい。それが分かった茂平は御家に迷惑をかけるからと、自分から誰にも言わねえで屋敷を出た。ひと月半ばかり前の朝、顔を出さねえんで、茂平の部屋へ行ってみたら、きれいさっぱり片付いてたってことだ。身を退《ひ》いたってわけさ」

なんてことだと、直人は思った。在所《ざいしょ》を出て、もう二十数年だ。百姓仕事など、とうに忘れ去っているだろう。もしも郷《さと》に還《かえ》ったら、まともな躰であったとしても足手まといだ。おまけに、病で田にも立てぬ。そんな四十八歳が、還る田舎などあるまい。おそらくは迷惑をかけたくないという一心だけで飛び出たのだろうが、いくらなんでも忠義立てがすぎやしないか。

「そんな茂平が、なんで主殺しなんです？」

「だから、順を追って話してんのさ」

「そうでしたね」

「初めは旅籠《はたご》暮らしでもしてたのかもしんねえが、わずかな蓄えなんぞすぐに尽きただろう。それからの茂平は橋の下だかお宮の縁の下だか知らねえが、住処《すみか》を持たねえ暮らしをつづけていたようだ。こいつはただの憶測だがな、野垂《のた》れ死《じ》のうとしてたんじゃあねえのか。覚悟して高山の家を出たってことは、そういうことだと思うぜ。けどな、人間、そううまい具合に逝《い》けるもんじゃあねえ。そりゃ、俺も死んだこたあねえけどさ。寿命がある限り、人間の躰は勝手に生きようとするもんだ。この寒空《さむぞら》だ。そこに筵《むしろ》がありゃあ、知らずに手が伸びるだろう。筵を放せば凍《こご》え死ぬことができるのに、どうしても放せねえ。そうやって自分は死ねねえんだって分かると、寝座のねえ暮らしがとことん辛《つら》くなる。四日前、いよいよ切羽詰まった茂平が高山の家に泣きついたのは、そういうことなんじゃねえのかなあ」

「戻ったのですか」

「ああ、やっと立ってる躰でな、少しだけでいいから休ませてほしい、とだけ言ったらしい」

「そこで、追い返した……のではありませんよね」

だとしたら、やはり、動機になるだろう。けれど、そのときは、けっしてそうではなかろうと信じつつ言っていた。

「むろんさ。当主の元信も、奥方の田津《たづ》も、嗣子《しし》の直次郎だって、待ち構えていたかのように迎え入れた。いや、実際、待ち構えていたのさ。いなくなってから、人伝《ひとづて》に探していたんだ。なにしろ、直次郎なんざ物心ついた頃から茂平がいたわけだ。親戚《しんせき》かなにかと思って育ったようだぜ。だからさ、もしも病が治る見込みがねえなら、みんながみんな、屋敷で息を引き取ってもらってもいいくれえのつもりでいたらしい」

「それなら、主殺しになんて、もうどうやったってなるわけがないじゃありませんか」

ほんとうに、三倍泣かせます、の小屋掛け芝居のまんまではないかと思いながら、直人は言った。

「まったくだ。どうやったってなるわけがねえ。でもな、なったんだよ。こっからはけっこう話は早《はえ》え」

直人は目で、話の先を促した。

「茂平はふた晩眠りつづけた。目を開けたのは三日目の朝で、元信と田津が様子を見に行くと、濡れ縁に立って庭を見ていたらしい。田津の話じゃあ、なにか手伝える仕事がないか、探していたような様子だったってことだ。そこへ、庭先から、茂平のあとに雇い入れた侍が回ってきて、元信に朝の挨拶《あいさつ》を述べた。で、顔を合わせたわけだからと、元信は茂平にその侍を引き合わせたそうだ」

「ちょっと待ってください」

「なんだい」

「元信はいつその侍を雇い入れたのでしょう」

「片岡の言いたいことは分かるぜ」

雅之は右手の中指の先で卓をとんとんと叩《たた》いてからつづけた。

「茂平が見つかるまで、侍を雇うのを待ってもよかったんじゃねえのかってんだろう」

「おかしいですか」

「相変わらず、いい齢して青いが、ま、青くてなんぼの片岡だからな。でも、ま、高山家のために相手をしとくと、ひと月は待ったんだよ。でもな、いくら二百俵とはいえ、誇り高い大番士だ。そりゃあ、小姓組番《こしょうぐみばん》や書院番《しょいんばん》のような選り抜《え》かれた家筋とはちがうが、御当代様をお護《まも》りする五番方《ごばんかた》のなかでも由緒《ゆいしょ》じゃあいちばん旧《ふる》い。戦備《いくさぞな》えは番方の本分だから、そうそう、侍を空けとくわけにはいくめえよ。それでも、きっちりひと月過ぎてから雇い入れた。俺《おら》あ、ま、どっからどこまで、お互い、泣かせるような真似《まね》をしてくれてると思うぜ」

「申し訳ありません。話の腰を折りました」

「いいさ」

「戻ります。元信が茂平に、新しい侍を紹介したところでしたね」

「それなら、もう、終《しま》いみてえなものだ。主殺しはそんとき起きた」

「そのとき？」

「茂平がいきなり、侍に躰を向けていた元信の背中を突きとばしたんだよ」

そういうことか、と直人は思った。聴いてきた話のなかには、どう筋が転んでも刀などの得物《えもの》が入り込む余地はなく、いったいどうやって主殺しが起きたのか、想像すらできなかったのだが、その理由はともあれ、手口だけは理解できそうだった。

「不意を喰らったこともあって、元信は躰を庇《かば》うこともなく濡れ縁から庭に落ちた。で、運わるく、そこに敷かれていた踏み石に頭を打ちつけてな。打ちどころがわるくて……という始末になったようだ」

「殺すつもりはなかった……」

「おそらくはそうだろう。元信が打ち身くらいで済んだら、事件にすらならなかったのかもしれねえ。だが、元信は死んだ。茂平が突きとばして主が死んだ。となりゃあ、故意であろうとなかろうと、主殺しは免れねえ。御沙汰《おさた》は、吟味の前から決まっている」

「頼み人は、奥方ですか」

「というより、奥方を含めた高山家だ。高山家には、直次郎の下に、年子《としご》の孝之《たかゆき》という次男がいてな。さる両番家筋《りょうばんけすじ》の家に婿《むこ》に入って、異例の出世を遂げている。その孝之も茂平への想いは、直次郎とちょっとも変わらんらしい。なんで、こんなことになったのか、理由が分からねえままじゃあ元信だって成仏できねえだろうし、自分らにしてもこの先、腹に重い石を呑んだまま日々を送ることになると言っている」

「そろそろ……」

直人は言った。いつまでも温もってはいられない。

「湯漬けを持ってきてもらったほうがよさそうですね」

「なんとか頼む。今回は時がなくて、関わりのある者に話を聴くこともかなわねえが、なんで急ぐかは承知だよな」

「作造《さくづく》りですね」

小伝馬町の牢内は、牢名主を頂点とする役付《やくづき》囚人たちの縛りで治まっている。その縛りが働いて、ある罪囚を除《の》けるとなったら、翌朝、その男は骸《むくろ》になって発見され、病死として届けられることになる。それが、作造りだ。

「言ったとおり、茂平が入ってるのは無宿を送り込む西の二間牢だ。小伝馬町でいっとう荒《あれ》え。おまけに、茂平は百姓のくせに武家顔《づら》してるときている。奴《やつ》らがいちばん嫌う、半端野郎ってことになるわけだ。いつ作造りに遭ってもおかしかねえ。唯一の救いは、皮肉なもんだが、主殺しの逆罪人ってことだ。実は、突きとばしただけ、なんてこたあ知る由《よし》もねえだろうから、おそらくは、鋸挽控えてる大悪党に手は出しにくいだろう。とはいっても、そこは西牢だ。転《ころ》がり方しだいじゃあ、なにが起きるか分からねえ。やっぱし、急いでもらうしかねえのよ」

そこへ、喜助が湯漬けを運んできた。塩鰹に、葛西菜《かさいな》の胡麻和《ごまあ》えも付いている。直人の好物だ。

塩鰹のほうはいつもながら塩梅《あんばい》が絶妙で、こんなときなのにしっかり旨《うま》いと思いつつ腹に送り終える。ふーと息をついて、席を立つ頃合いを見計らっていると、雅之が目の前に小判の形をした紙包みを置いた。十両、というところだろう。

「高山の奥方からの預かり物だ。ま、出処《でどこ》は次男の孝之だろうがな。もしも、理由を聴き出すことができて、そんで、もしも、片岡がその理由に得心《とくしん》がいくようなら、茂平の役に立ててやってくれってことだ」

「それがしが吟味役ですか」

「吟味役とはいっても、御沙汰は動かしようがねえ。地獄行きは決まっている。それまでの少しばっかりのあいだ、ちっとだけ楽をさせてやるかどうかの吟味役さ」

すぐに直人は右手を延ばして、懐《ふところ》に入れた。青くてなんぼの自分でも、この世には金でしか前へ進まない領分があるのは学んでいる。

「たしかに、預かりました」

外はまた、いちだんと冷え込んできたようだ。

「もうひとつ、聴いていいですか」

その冷気に包まれる前に、たしかめておきたいことがあるのを思い出した。

「なんでえ」

「この前、御用をお請けしたとき、なんでそれがしなのかと尋ねたら、爺殺《じじいごろ》しだから、と言われましたね。年寄りは、青くて、硬くて、不器用な若いのが大好きで、それで口を割る、と」

「そうだったかな」

「たしかに、これまでの三度の相手は御齢を召されていましたが、こんどの茂平はまだ四十八歳。爺とはいえません。それがしで大丈夫でしょうか」

「そりゃあ、でえじょぶだろう」

「なんで」

「だって、茂平は片岡に輪をかけて青そうじゃねえか。きっと、うまが合うさ」

やはり、雅之はいつも雅之だ。怒《いか》った肩をほぐしてくれる。

茂平は罪を素直に認めている。けれど、元信の背中を突きとばした理由に取り調べが及ぶと、とたんに貝になるらしい。

それでも、町方にとっては問題ない。罪の自白を得て、口書《くちがき》に爪印《つめいん》さえ押させれば、御番所での吟味に持っていくことができる。理由が見えずとも、もはや茂平の事件は一件落着していると言っていい。

むろん、鋸挽ともなれば、天下の町奉行とて手限吟味《てぎりぎんみ》の外であり、刑罰の沙汰を言い渡すためには、老中へ御伺いを立て、さらには御当代様の御許しを得なければならないが、それは、ま、手続きの話だ。

しかし、仏と縁が深い者にとっては、罪の自白にも増して、罪を犯した理由が重い。なんで不意に、ほんとうに不意に、命を奪われなければならなかったのか。その理由に得心できなければ、時の経過は癒《いや》しにならず、むしろ、時を経るほどに、抉《えぐ》られた気持ちの穴が暗く膨らんでいく。

半刻《とき》ほど前に来た路を逆に辿《たど》りながら、直人は、なんで……を繰り返す。なんで、茂平は突然、背中を押したのか。なんで、それが、元信が新しい侍と引き合わせようとしたときだったのか。疑念が廻《めぐ》り廻る。

とはいえ、いくら問いかけても、答はひとつしか出てこない。

やはり茂平は、自分の代わりが目の前にいることに、衝撃を受けたのではなかろうか……。

むろん、茂平とて、そんなことは覚悟していただろう。自分が屋敷を出てから、すでにひと月半が経っている。しかも、勝手に出て行ったのは自分だ。侍の席が空いたままであるはずもない。誰かが代わりを務めているに決まっている。

茂平のことだ。きっと十分すぎるほどに、弁《わきま》えていただろう。

しかし、だ。ふた晩眠りつづけて三日目の朝、二十年以上も慣れ親しんだ庭を目にしたら、はたしてどうだ。

きっと、茂平はそこに、二十四、五の茂平が立ち働いているのを見ただろう。三十幾つの茂平が、四十を回った茂平が、あっちへ行き、こっちへ行きするのを見ただろう。侍奉公なのに、どんな雑用でも買って出た茂平だ。その庭の主は誰でもなく、茂平だったにちがいない。

小禄旗本の庭は、見る庭ではない。野菜を育て、梅や柿を育て、ニワトコやサイカチなどの漢方の木を育てる庭だ。井戸で作物の泥を落とし、落ち葉で堆肥《たいひ》をつくり、表の下水へ通じる溝《どぶ》を浚《さら》わなければならない庭でもある。仕事はたっぷりと用意されている。

果実や漢方の木の多くは、あるいは茂平が植えたのかもしれない。二十数年だ。柿だって苗木から成木になり、十分に張った根が土から滋養を吸い上げて、たっぷりと甘い実を付ける。

その自分の庭を、見知らぬ一季奉公がいかにも家人然《けにん》として歩いているのだ。頭では分かりすぎるくらい分かっていても、目《ま》の当たりにすれば、気持ちは激しく波打ったのではあるまいか。

あまりに、ありきたりといえば、ありきたりだ。

でも、逆に、人は複雑な理由では動けぬものだ。一行で書き尽くされる理由でのみ、人は動く。徒目付という御役目を務めて、それを学んだ。人はしばしば、目の前に見えている罠《わな》を踏む。まるで、自ら足を踏み入れるかのように。

そうだ。それでいい。その理由でいい。足を送りながら、直人は納得を試みる。

けれど、効き目があったとは言えない。

それでいい、と得心しようとするそばから、それでいいのか、という問いが返ってくる。

ならば、他になにがある?

振り絞った頭をさらに振り絞ろうとしたとき、前から歩いてきた男とぶつかりそうになった。

咄嗟《とっさ》に身をかわして、失敬をした、と言うと、向こうも、いや、当方こそ、と応《こた》える。

浪人姿だが、抱えた籠《かご》には葉物や根菜《こんさい》が入っていて、どこかで、その顔を見た覚えがあるのだが、夜とあって定かではない。はて、どこでだったかと記憶をたどりつつ再び歩み始めて、思い出したのは五、六歩も進んだときだった。

下谷広小路の露店で、偽《にせ》系図を商っていた沢田源内だ。

この六月にあった真桑瓜《まくわうり》が関わる事件で、解決の緒《いとぐち》を与えてくれた浪人である。露店の前に立ち、自分の姓を言ってから、甲斐武田氏とか小田原北条氏とか指図《さしず》すると、適当な家系図を選び、ちょこちょこと書き換えて寄こしてくる。

他にも、乳が三倍出るようになる食い合わせだとか、焼いて灰を飲めば瘡《かさ》にかからない傘の絵とか、いい加減な刷り物ばかりを置いていて、その刷り物のひとつが事件の解決に大いに役立った。

それからも何度か、言葉を交わして客にもなったが、本名は知らない。

沢田源内というのは、いんちき系図づくりの元祖の名らしい。広小路の源内は、元祖源内のことを、偽の史書や偽系図の世界における宮本武蔵のようなものだと言っていた。

そうだ、あの源内にまちがいない、と思って振り返れば、向こうもこっちを見ている。

沢田源内殿か、と声をかけると、ああ、やっぱり、あの広小路の、と言って近寄ってきて、見慣れた笑顔を見せた。

下谷広小路では、やくざな稼業《かぎょう》にもわるびれることなく、いつもにこにことしていて、どこかしら雅之に似ていたが、神田の夜でもそれはまったく変わらない。初めて会ったときに好ましい印象を持っても、会う場処が替わると受ける感じも変わってしまう者もめずらしくないが、雅之がいつも雅之であるように、源内もあのまんまの源内だ。

「ここひと月ばかり見かけなかったではないか。神田に移ったのか」

なぜか、旧友に再会したような気になって直人は語りかけた。

「さよう。いまはこの多町で暮らしておる」

どこか浮世離れした話し方もそのままで、相変わらず、どんな場処にも彼岸《ひがん》はあるのだと思わせてくれる。あのときも、御用とまったく関わりのない言葉を交わしているうちに、なぜか汐《しお》が引くように疲れが薄れていったが、今夜もそうなりそうだった。

「稼業も変わらずか」

いまは神田明神《かんだみようじん》あたりで系図を商っているのかもしれない。

「いや、いまはまた別の稼業だ。多町ならでは、と言ってもいい」

近くで見ると、籠のなかの葉物は蕪菜《かぶらな》で、根菜は牛蒡《ごぼう》だった。

「ああ、青物商いだな」

「いや、これは、これから菜《さい》にするのだ」

「料理人になったのか」

「料理は日々するが、料理人ではない。実は、それがし、ある比丘尼の世話になっておってな。代わりに、炊事、洗濯等、身の回りの一切の面倒を引き受けておる」

「それはつまり、比丘尼のヒモと受け取ってよいのか」

「それがしはヒモとはちがうと存じておるが、敢《あ》えて反駁《はんばく》する気はない。この世に真実はない。あるのは事実だけだ。偽系図商いで、学んだ。ヒモの真実はないが、ヒモの事実はあるということだ」

「相変わらず、為《ため》になる」

源内がその気で語ると、あらかたは分からない。分からないのが、逆に為になる。固まりがちな頭が、白紙に近くなる。

「寄っていくか。紹介する。多町一の比丘尼だ」

「いや、これから向かわなければならん処がある」

「惜しいな。これで、お主は女で人生棒に振る、希有《けう》な機会を逸した」

「俺にそんな甲斐性《かいしょう》はない」

「己をみくびるな。お主とて、相手さえ得れば、立派に転がり落ちることができる。

ま、いずれまた会おう」

「名は、沢田源内でよいのか」

「いや、いまは島崎貞之《しまざきさだゆき》という」

「それが本名か」

「そうではない。比丘尼に、自分と暮らすなら、その名前にしてくれ、と言われた」

「どんな理由であろうな」

「分からん。分かろうとも思わん」

「お主、名前をいくつ持っておる？」

「名前は常にひとつだ。いまは島崎貞之として生きておる」

「沢田源内のときは、沢田源内として生きておったということか」

「むろんだ」

「ほお……」

また、分かったようで、分からない。分からないが、ぼんやりとしていたなにかが、輪郭を結ぶ予感があった。

「沢田源内と島崎貞之は別の者か」

「当然であろう。お主も一度、ちがう名を生きてみたらどうだ」

「心当たりがない」

「島崎貞之なら譲ってもよいぞ」

「それはお主ではなく、比丘尼殿が決めることであろう」

「ちがいない」

二人して声を立てて笑うと、この前と同じように、気が満ちていくのが分かった。そして、別れを言って、再び足を動かすと、知らずに唇が、名前か、と呟いて、元信の背中に手を延ばす茂平が、うっすらと像を結んできそうな気がした。

雅之から預かった十両は大事に遣《つか》わなければならない。夫を、父を落命させた相手のために用意したカネだ。ふつうならば、ありえない。菩薩《ぼさつ》のカネと言ってもいい。

そんなカネを預けるような一家だからこそ、茂平は己を捨てて奉公ができたのだろうか。

取り出して頭を下げてから包みを開け、まずは一枚をつかって、揚座敷と揚座敷のあいだにある当番所のひとつを借り受け、茂平を西の二間牢から連れ出してもらった。百姓町人、そして武家でも御目見以下の御家人と、大名旗本の家臣は、町方の管轄《かんかつ》である。もしも直人が茂平を聴き取りしているところを町同心にでも見られたりしたら、ただでは済まない。同様に、旗本を収監する揚座敷の当番所に町方が立ち入っても、ただでは済まない。つまり、小伝馬町牢屋敷でもそこでなら、心おきなく茂平から話を聴くことができるのだった。

茂平は生きていた。蠟燭《ろうそく》を廻らせて躰を改め、爪や指のあいだなども診てみたが、いたぶられてもいなかった。雅之が言ったとおり、やはり、牢名主とて、鋸挽を控えた逆罪人には手を出せないらしい。

とはいえ、問題がないわけではなかった。蠟燭の灯りであることを差し引いても、茂平の顔色はいかにもわるかった。意外にも、茂平は整った顔立ちをしている。通町筋の呉服屋の店前《たなさき》に立たせてもおかしくはないようなその見栄《みば》えが、顔の土気色《つちけいろ》をいかにも際立《きわだ》たせていた。

鍵役《かぎやく》の牢屋役人に聴いたところでは、元信が息を引き取ったのを茂平が知ったのは牢屋敷に入ってからで、それからはずっと口をきかぬらしい。もとより、苦もなく話を聴き出せるなどと踏むはずもないが、それにつけても難儀が想われ、はて、どこから切り出すかと思案していると、意外にも、牢屋役人が席を外すやいなや、茂平のほうからそのときを待ち構えていたように口を切った。藁《わら》にもすがる、という風情《ふぜい》だ。

「失礼とは存じますが、権家《けんか》の方とお見受けいたします」

権家とは、権勢を持つ者を指すが、通常は幕閣に連なるくらいでなければ用いない。

茂平は権家という言葉の使い方を誤っている。

「権家というほどではないが……」

床机《しょうぎ》に座した直人は、曖昧《あいまい》に答える。はっきりと否定すれば、せっかく持ち出された茂平の話の腰を折ってしまう。

「わたくしのような逆罪人を牢から出し、このようなところで人払いの上、聴き取りをされるのは、権家の方でなければできないのではと存じます」

当番所には赤く熾《おこ》った炭が入っていた。骨の髄まで凍えそうな牢とは別世界だ。

「それで、なんとしてもお頼みしたいことがございます」

「言ってみな」

茂平の必死の形相《ぎょうそう》に促されて、言葉が出た。

「わたくしをここから出していただけないでしょうか」

「ここから出す」

「はい」

もとより、尋常な頼み事ではなかろうとは予期していたが、それにしても脱獄を持ちかけられるとは想ってもみなかった。

「ここを出て、どうする？」

話の流れを止めぬよう、直人は言葉を選ぶ。

「わたくしの罪状はご存知でしょうか」

「おおむねは」

「昨日、こちらで……」

言い出したとたん、床に落とした目から涙がぼたぼたと落ちた。

「御殿様が……」

五十間近の男の目から涙がこんこんと湧いて、やがて洟《はな》も加わる。

「身罷《みまか》られたのを知りました。いえ、わたくしが逆罪を犯しました」

突いた両手の指先は立って、爪が床に喰い込みそうだ。

「わたくしはこのまま、こちらで御仕置きを受けるわけにはまいりません」

涙を振り絞って顔を上げ、直人の目をまっすぐに見据えてつづけた。

「わたくしは討たれなければなりません」

「討たれる」

「はい。奥方様と、若殿様から、仇《かたき》として討たれなければなりません」

直人は顎《あご》を上げ、大きく息をついた。

「なんとしても、ここを出なければならないのです。どうぞ、御慈悲をお願いいたします。貴方様《あなた》のお力で、ここから出してくださいませ」

茂平はごりごりと、額《ひたい》を床にこすりつける。まるで穴でも掘ろうとするかのように。

「おまえに、ひとつ教えるがな」

頃合いとみて、直人は口を開いた。

「はい」

「まず、俺は権家などではない」

茂平がゆっくりと顔を上げる。

「ここで、こうしているのにはカネをつかった。一両だ。そういうカネは受け取った相手のみならず、百人からいる他の牢内役人や獄丁《ごくてい》にも回り回って、きつい牢屋勤めの身過ぎの足しになる。で、こういうことができる」

茂平はじっと直人を見ている。

「次に、その一両だが、むろん、俺が出したわけじゃあない」

目の奥に小さく光が湛《たた》えられた。

「用意したのは、おまえの言う奥方様と若殿様だ」

直人を見上げる目に、また、みるみる涙が湧く。

「だから、おまえがここを出ても、おまえの望みどおりにはならんだろう。奥方も若殿も、おまえを仇とは見なしていないようだ」

直人は手を延ばして、火鉢に炭を足してからつづけた。

「もしも、おまえに討たれようという気があるのなら、なんで、こういう仕儀に至ったのかを素直に語ることだ。高山家の皆様はなによりもそれを知りたがっている。それが分からなければ、お殿様だって成仏できまいとのことだった」

茂平が、がくっと項垂《うなだ》れる。認めた直人は、ここだと思った。ここで、本題に、分け入らなければならない。

「俺から訊《き》いていこうか」

床を向いたまま、茂平はゆっくりとうなずいた。

「まずは、おまえの名だ」

初めに、水落《みずおち》を通す。それが、本流を止めている堰《せき》を除く鉄則だ。

「茂平、でございます」

蚊の鳴くような声で答えた。

「そうではなくて、おまえが二十数年、高山の家で使っていた名前だよ」

噛《か》んで含めるように、直人は言った。この水落が通れば、あとは意外に早いはずだ。

「侍としての名だ」

また、床に、涙がぼたぼたと落ちる。

「中村……」

絞り出すように、茂平は答えた。

「庄蔵《しょうぞう》でございました」

口で息をついてから、直人はまた問うた。

「して、おまえのあとに侍になった者の名は？」

答は返らない。

「あの引き合わせのとき、御殿様から聴いただろう。新しい侍の名を」

しばし待ったが、茂平は黙したままだ。

「俺から言おうか」

わずかに、茂平が頭をもたげる。

「中村庄蔵、だったのではないか」

とたんに、茂平は泣きじゃくった。

五十になろうとする、土気色の顔をした男が、子供のように、わあわあと泣いた。

直人は唇を結んで、丸まった茂平の背中を見ていた。

「そのとおりでございます」

再び茂平が口を開いたのは、新たに足した炭の茄子《なす》のヘタほどが、橙色《だいだいいろ》に染まった頃だった。先刻までとは見ちがえる、憑《つ》き物が落ちたような顔で、茂平は語り出した。

「あのとき、わたくしは、御家《おいえ》にご迷惑はかけられないという切羽詰まった気持ちで御屋敷をあとにしました。けれど、結局は、かえってたいへんな厄介になってしまった。そして、いったん舞い戻って御情けにすがってしまったわたくしは、再び、御屋敷を出る気力を失っておりました。とはいえ、むろん、侍に戻りたいなどという大それた望みは抱いておりませんでした。お給金などいらないし、下男でもなんでもよいから、御屋敷の片隅にいさせていただければと願っておったのです。ですから、新たに侍となった者に引き合わされても、なんら含むところはございませんでした」

直人は、やはり、ありきたりの理由ではなかったのだと思いつつ、聴いていた。直人の最初の推量は、はっきりと外れた。

「御殿様からも、いろいろ教えてやってくれ、と言われましたので、わたくしが御屋敷で学ばせていただいたことが役立つのであれば、なんでも包み隠さず開け広げようと思っておりました」

そのままであれば、そこに凶事が起きる余地はなくなる。

「その前に、申し上げておきたいことがございます。さきほどの貴方様のお言葉で、ひとつだけが事実とは異なっております」

そこからだ、と直人は思った。

「新しい侍の名は、御殿様から聴いたのではございません。侍が自ら名乗ったのです。申し上げたように、わたくしは、尋ねられればなんなりと答える用意がある旨を侍に伝えました。侍も謝辞を述べ、そして最後に名前を添えたのです」

小さく息をついてから、茂平は、いや、中村庄蔵は言った。

「そうです。おっしゃるとおり、中村庄蔵、と名乗りました」

熾りかけた炭が、ばちんと跳ねた。

「それを聴いたわたくしはうろたえました。わたくしも再び中村庄蔵を名乗ろうと思っていたわけではございません。御屋敷の片隅にいさせていただければと願った気持ちに偽りはなかった。わたくしはなにも望んでおりませんでした。中村庄蔵は侍の名ですので、むろん、もう名乗るつもりはなかったのです。百姓の頃の名である茂平でさえなければ、どんな名で呼ばれようと構いませんでした」

「ただ、中村庄蔵の名を……」

直人は、茂平が語り出して初めて、言葉を挟んだ。

「あの屋敷で、他の者が名乗ることだけはまったく想ってもみなかった」

沢田源内と別れて足を運ぶ暗い路で、その筋がふっと浮かんだ。もしも、茂平が失うものがあるとしたら、侍の名前であろう、と。それだけは、なんとしても奪われたくなかったのであろうと。

「そのとおりでございます。わたくしはもう二十数年、中村庄蔵として在りました。中村庄蔵として語り、振る舞い、そしてなによりも、中村庄蔵として考えました。わたくしはもはや中村庄蔵を名乗ることはないけれど、わたくしのなかで中村庄蔵はわたくしだけの名であったし、これからも、そうであるはずだったのです。なのに、見も知らなかった者が目の前で中村庄蔵を名乗っている。わたくしは、混乱しました。ぐらぐらとして、なにがなにやら分からなくなりました。そして気づいたら、御殿様の背中を手で突いていたのです。そのあとはもう頭が真っ白になって、ごちゃごちゃで、ぼんやりと覚えているのは、御屋敷を跳び出して路すがらの辻番所《つじばんしょ》に駆け込んだことくらいで、定かではございません」

きっと、中村庄蔵としての二十余年は、茂平の人生のすべてなのだろう。現実の世での身過ぎがどうであろうと、あの日々を思い出すだけで微笑《ほほえ》むことができる。それは誰でもない茂平が、自らの手で織り上げた見事な錦《にしき》だ。人が嫌がる仕事に率先して励む中村庄蔵の忠義を縦糸に、高山家の面々が喜ぶ笑顔を横糸に織られた錦。それはもはや茂平の記憶に封印されただけに、誰からもその輝きを損なわれることはないはずだった。

そこに現れたのが、想いもかけず中村庄蔵の名がついた見知らぬ糸だ。そんな糸が使われたら、今が過去を侵し、記憶のなかの錦が解《ほど》けてしまう。茂平は必死になって、瞬時のうちに、護《まも》る術《すべ》を求めて頭を廻らせたのだろう。けれど、なにひとつ想い浮かばず、ばさばさと織り目がばらける音だけが響いた。きっと、突き出された手は、解けるのを止めようとする手であり、あるいは、声にはならぬ叫びだったにちがいない。

直人の懐には、まだ九両が残っていた。このカネは遣われるべきだ、いや、遣わなければならないと直人は思った。

床机を立って、茂平の前で膝を突き、目の高さを同じにして、前もって六両と三両に分けておいた、三両のほうの包みを差し出した。「さっき言った、奥方様からお預かりしたカネだ。こんなかではツルと呼ばれてな。まさに、先立つものになる。ありがたく頂戴《ちょうだい》しておきな」

黙って首を横に振る茂平の懐に有無を言わせずに包みを捩《ね》じ込み、ご苦労だったな、とだけ言って、立ち上がり、当番所を出た。

詰所に寄って、一切を仕切ってくれた鍵役を呼び出し、礼を述べた上で、新たな便宜を頼む。

あの土気色をした病人を、二間牢に戻すわけにはいかない。前もって、揚座敷のひとつが空いていることはたしかめていた。揚座敷ならば七畳の畳敷きで、食事も本膳《ほんぜん》だし、世話をする者も付く。

残った六両の包みを押し付けて、深々と頭を下げた。

その二日後、茂平は揚座敷で息を引き取った。

あの顔色からすれば長くはなかろうとは思っていたが、それにしても急で、雅之は真顔《まがお》で、あつらえたようだねえ、と言った。

それは、関わりのある者ならば、誰もが密《ひそ》かに望んだであろう頃合いだったからだ。茂平の御白州《おしらす》での吟味はこれからで、沙汰はまだ出ていなかった。おのずと罪は未決となり、罪科と刑罰を明らかにした落着請証文《らくちゃくうけしょうもん》も出ないので、鋸挽も立ち消えになった。

なんでもかでも手続きを踏んで、書類をそろえないと前へ進まない四角四面の仕事ぶりが、こういうときには吉と出たのだった。

「亡骸《なきがら》は高山家で引き取って、ま、内々にだが、弔いも済ませたらしい」

それから三日が経った七五屋で、雅之が言った。

「それだけは、よかったです」

今夜は、直人は最初から猪口を手にしている。いつもの伊丹《いたみ》の剣菱《けんびし》だが、いつものように旨くはない。供養《くよう》の酒だ。

「上々さ」

雅之も一気に猪口を干した。

「そうでしょうか」

卓の上に、肴《さかな》は見えない。

「畳の上で成仏できたんだ。この世の地獄で逝かずに済んだ。片岡はよくやったよ。名前に目を付けるなんざ、青くて固いばっかの奴にできることじゃねえ」

直人は茂平の最期を想う。

薄れていく意識のなかで、中村庄蔵の日々を想い浮かべ、茂平は微笑むことができただろうか。あの錦を、愛《め》でながら逝くことができただろうか。

そうであったら、よいのだが……。

「で、なんで新しい侍にも、中村庄蔵の名をつけたのかが気になってな」

燗徳利を傾けながら、雅之は言った。雅之は手酌が似合う。

「聴いてみたんだが、高山の家では、侍は代々、中村庄蔵を名乗ってたそうだ。茂平で六代目らしい」

「一季奉公を雇う家は、あらかたそのようですね」

今夜は一段と冷え込む。ひょっとしたら、初雪になるかもしれないと思いながら、直人はつづけた。

「幾多の奉公人が入れ替わり立ち代わり、ひとつの同じ名前を名乗る」

「どうせ一年こっきりだし、いちいち新しく名前を付けるのも面倒ってことなんだろうが、高山家の理由はちっとばかしちがうようだ」

「そうでしたか」

「もう三十年かそこらも前の話になるんだろうが、譜代の最後の家侍の名が中村庄蔵でな。それが絵に描いたような忠義者だったようで、以来、その初代にあやかるように、中村庄蔵の名を付けていたらしい」

「茂平は初代以来の、忠義の侍だったわけですね」

「ああ、六代目中村庄蔵は立派な家侍だった。だから、もう中村庄蔵の名は茂平で終《しま》いにして、新しい侍には別の名前を付けようかという話も出たらしいが、なにしろ、いい奉公人に当たるのは富籤《とみくじ》に当たるのとおんなじくれえむずかしい昨今だ。茂平が願ってもないほどに務めてくれたお蔭《かげ》で、中村庄蔵の名はこれまでにも増して霊験《れいげん》あらたかな守り札になっていたから、やっぱしあやかってほしいってことで、七代目をつくっちまったらしい。皮肉なもんだがな、六代目までの中村庄蔵は初代がこさえたが、七代目は六代目中村庄蔵がつくったってわけさ」

無理もない願いが、無理もない罪を引き出す……それもまた人の世なのだろうが、そういうものと得心できるのは、赤の他人だけだろう。

「降ってきましたよ」

小上がりからは見えない板場から、喜助の声が届く。

「ちらほらと白いのが」

油紙を張った窓をわずかに開けて、雅之が唇を動かした。

「涙は流してねえ、ってことだ」

そろそろカイズを出していいですか、と喜助が言い、ああ、ちゃんと焼き塩振ってくれたろなあ、と雅之が言う。

蓼《たで》を喰う

月は三月に入って、本所《ほんじょ》の南割下水《みなみわりげすい》沿いを行くと、鶯《うぐいす》の鳴き声が届いた。

一羽がさえずり始めると、次々と張り合って耳を楽しませてくれる。

とはいえ、なかには、ホーはともかく、ホケキョをうまく鳴けない不調法者《ぶちょうほうもの》もいる。まだ、さえずりを覚え切れていない、若鳥なのだろう。鶯の雄は、ホーホケキョという恋の唄《うた》を、周《まわ》りから盗んで我がものにしていく。どんな名手も、初めはみんな真《ま》似《ね》だ。

それにしても、ひときわ高く鳴く一羽のさえずりは拙《つたな》くて、そんなぐぜり鳴きじゃあ、かわいい雌とは出会えんぞと思いつつ、片岡直人は小林一茶《こばやしいっさ》の句を頭に浮かべた。

〝鶯が呑《の》むぞ浴びるぞ割下水〟

本所の割下水には南と北の二つがあるが、頭になにも付けないときは南割下水を指《さ》す。俳諧《はいかい》はやらぬ直人だが、その一句だけはすっと出てくる。

直人は割下水に近い吉田町《よしだちょう》で生まれ育ち、三年前に徒目《かちめ》付《つけ》となって下谷《したや》御《お》簞笥《たんす》町《まち》に移るまで、ずっと、そこで暮らしてきた。一茶が句にすくいとった光景を、子供の頃からずっと目にしてきている。

吉田町を含めて一帯は、御役目に就《つ》けぬ小普請《こぶしん》のささやかな住まいがひしめく。とりわけ、割下水が大横川《おおよこがわ》と交わる辺りは、場末《ばすえ》を絵に描いたような長崎町《ながさきちょう》や入江町《いりえちょう》で、おのずと余所者《よそもの》は割下水に淀《よど》んだ溝《どぶ》を見ようとするが、流れ込む水のあらかたは雨水だ。下水、という言葉の音とは裏腹に、湛《たた》えている水は清らかである。鮒《ふな》やウグイが泳ぎ、沢蟹《さわがに》が這《は》って、夏になれば蛙《かわず》が盛大に鳴き競う。だから、鶯も水を浴び、喉《のど》を潤《うるお》しに来る。育った土地をありのままに詠《よ》んでくれた句を、忘れることはできない。

もっとも、直人が文化七年三月十二日の今日、本所を歩いているのは、懐かしさゆえではない。架け替えたいくつかの橋を、検分するためだ。

江戸の橋は、ざっくりと二つに分けられる。最寄りの町や社寺、武家屋敷が組合をつくって管理の費用を出し合う組合橋《くみあいばし》と、そして、幕府の内証《ないしょう》で世話をする御入用橋《ごいりようばし》である。

御入用橋ならば、手入れの普請が成ったとき、仕上がりの吟味に徒目付が立ち合う。それもまた、やることを挙げるよりもやらぬことを挙げたほうが早いとされる、徒目付の幅広い御役目のひとつだ。あらゆる幕臣の非違《ひい》を糾《ただ》す目付の手足となって、徒目付は動く。勘定所の御用の監察も、動きのなかに含まれるということだ。

「いかがですか、久々の本所は」

同道してくれている道役《みちやく》の家城善兵衛《いえしろぜんべえ》が言う。

「橋の町だな」

我ながら当り前を言っていると思いながら、直人は唇を動かした。立つ場処が変わると、景色も変わる。もう慣れ切っているはずなのに、徒目付としてあらためて本所深川《ふかがわ》を歩くと、橋と堀割がやたらと目につく。

「江戸方《えどかた》の御入用橋は合わせて三十八橋《きょう》ですが、川向こうのこっちは八十八橋ございますからね」

本所深川育ちは、大川《おおかわ》を渡らぬ本来の江戸を江戸方と言う。その江戸方ではない江戸の本所深川で、道役は代々、橋の管理に当たってきた。大工や鳶《とび》を仕切る技を持つが職人ではなく、手入れの費用を捻出《ねんしゅつ》するために橋周りの幕府御用地の貸し出しにも当たるが町名主《まちなぬし》ではない。本所深川という地下《じげ》の土地がつくり出した、万橋師《よろずはしし》といったところだろう。

「吉田町の溝浚《どぶさら》いを知っている片岡様には釈迦《しゃか》に説法ですが、大雨にしろ高潮にしろ、要《い》らぬ水をさっさと流さないと、本所深川はすぐに海に戻っちまいます」

善兵衛は道役何代目なのだろう。見事な銀色の髪と、汐気《しおけ》を孕《はら》んだ川風に彫られた深い顔の皺《しわ》が、代替わりがそう遠くないことを伝える。

「本所の子供がいっとう初めに覚えるのは溝浚いだってな」

ずっと元気でいてくれたらいいと思いつつ、直人は言った。一緒に検分に出るようになってからまだ二年足らずだが、なぜか最初から、齢《とし》の差を越えて気持ちが通じ合った。

「どんな悪餓鬼《わるがき》でも、そこだけは手抜きなしでしたからねえ」

江戸方にしても、あらかたの土地は埋め立てた築地《つきじ》だが、本所深川はもう海そのものだった。本所の北の端《はし》を縁取《ふちど》る北十間川《きたじっけんがわ》沿いに、龍眼寺《りゅうげんじ》をはじめとする、慶長よりも前に開かれた由緒《ゆいしょ》ある寺社が集まるのは、東都《とうと》になる前の江戸では、そのあたりが陸と海との際《きわ》だったからだ。際よりも南、つまり、いまの本所深川は、一面の浅海《あさうみ》に無数の小島が顔をのぞかせていたらしい。だから、隙《すき》あらば、陸から海に戻ろうとする。

戻さぬための大仕掛けが、四本の川という名の排水路だ。東西に掘られた竪川《たてかわ》と北十間川、南北に貫く大横川と横十間川《よこじっけんがわ》。北と横の十間川が名前にわざわざ十間と断わりを入れるのは、竪川と大横川が、倍の二十間の川幅を取っているからである。町中に網の目のように組まれた下水からの雨水を、その広い懐《ふところ》に抱え、すみやかに海へ追いやる。

「溝浚いは嫌《いや》だが、家の床《ゆか》を洗う泥水はもっと嫌ってわけだ」

言ってから、直人はつい八年前の享和《きょうわ》の大洪水を思い出す。あれでも、天明《てんめい》六年の洪水を知っている古老たちは、こんなもんじゃないと口を揃《そろ》えた。だから、地下の土地に育った人間は、溝浚いを厭《いと》わない。掃除の行き届いた溝は水をせっせと流して、浸水までの時を稼ぎ出す。いま住み暮らす下谷御箪笥町でも、直人は月に三日の下水掃除を下男任せにせず、自ら襷《たすき》がけをして溜《た》まった泥を浚う。他はともかく溝浚いだけは、いい加減にやられると我慢がならない。江戸方に移っても、躰《からだ》が町を覆《おお》う泥水を覚えている。

「ところで、もうちっとで七つ半だ。このまんま竪川を越して、黒江町《くろえちょう》あたりで、青《あお》柳《やぎ》なんぞで喉を湿《しめ》らせるってのはどうです」

目尻《めじり》に笑みをつくって、善兵衛が言う。黒江町は、深川猟師町八《りょうしまちはっ》ヶ町《ちょう》のひとつで、河岸《かし》では貝のたぐいが特にいい。いまが旬の青柳の夕獲《ゆうど》れは、さぞかし旨《うま》いだろう。

「そいつはまた、けっこうな趣向だな」

応えながら、直人は、いまごろは神田多町《たちょう》の居酒屋、七五屋《しちごや》で、自分を待っている
であろう徒目付組頭、内藤雅之を想い浮かべた。武家が喰い物なんぞを云々《うんぬん》してはな
らないという戒めを信じて育った直人とちがって、雅之はひとこともふたことも多い。
身近に接するうちに、直人の舌もいつかしら、くちくなりさえすればなんでもいいと
いうわけにはいかなくなった。

「ぜひともそうしたいところだが、残念ながら、そういうわけにもいかん」
「まだ御用がおありなさるんで」
「ああ、あいにくな」

こいつは後ろ髪を引かれるな、と思いつつ、江戸方へ戻る両国橋の方向へ躰を向け
る。けれど、数歩、歩を進めても、さほどのこともなく、直人は、なんで、と訝《いぶか》った。
七五屋の店主の喜助は、毎日釣りに出る口実に居酒屋を始めた、と言われるほどの
釣り好きだ。海へ繰り出せる限り、自分で釣り上げた獲物だけを客に振る舞う。そう
いう好事《こうず》の者だけあって、魚以外の仕入れ物もとびっきりである。足がちっともため
らわないのは、ひょっとしたら七五屋でも、夕獲れ青柳が出るかもしれぬと思ってい
るのだろうか。

それとも、自分でも気づかぬうちに、あの上司が振ってくる頼まれ御用を、心待ち

にしているのだろうか……。

徒目付は橋の普請まで吟味する。

いや、橋だけではない。幕府の御入用となれば、寺社の普請だって、川除《かわよけ》普請だって吟味する。

それも御府内のみならず、関東一円はむろん京大坂、遠国《おんごく》にまで出張《でば》る。どこにでも顔を出して、なんにでも手をつける。日々の御勤めに励むだけで諸事万端に通じ、また、物事を能《よ》く御《ぎょ》するようになる。

おのずと、御目見《おめみえ》以下《いか》の御家人ではあるが、身分を越えて頼りにされ、あちこちから、表の御用とは別枠の、頼まれ御用が持ち込まれる。それがまた特別に便宜を計るということでもなく、相談に応じる程度なのに、並の旗本の世禄《せいろく》を優に上回る見返りを得る。見聞の質と量の差が、大きすぎるのだ。で、名より実を取ると見切った連中は、御目見以上《おめみえいじょう》の御役目を目の前にぶら下げられても、もはや喰いつくことはない。開きかけた旗本への路《みち》を、自分から塞《ふさ》ぎにかかる。

一方で、一刻も早く、徒目付を抜けようとする者たちもいる。御家人から旗本へ身《み》上《あ》がるための、格好の踏み台が徒目付であり、なかでも勘定所の勘定は、そこから見晴らしがいい。ちょっと見には遠いようだが、いまや監察と財政は御公儀の両翼だ。ほんとうに使える人材を揃えなければならないという点において、目付筋と勘定所はつながっている。とりあえず御目見以下の支配勘定として席を替え、すみやかに実績を残して、御目見以上の勘定に駆け上がるのが彼らの書く筋だ。

だから、もっぱら、この路を見据えている連中は、想わぬ罠《わな》を踏まぬよう、余禄《よろく》の誘惑にきつく封をして、ひたすら勘定を目指す。直人もまた、その一人だ。己の栄達のためではない。片岡の家を、旗本の家筋《いえすじ》とするためである。

元々は御家人だった家が旗本の家となるためには、当主が一度、御目見以上の御役目に就《つ》くだけでは足りない。二度、拝命しない限り、一代御目見の半席となる。片岡家はといえば、父の直十郎が生前、番方の小十人となり、ひとつの務めだけを果たして逝《い》った。だから、直人は父のあとを継いで、なんとしても、ふたつ目の御役目を得なければならない。二度の御目見以上は、父子《おやこ》二代かけて成し遂げてもよいことになっている。やがては得るのであろう跡取りを、生まれながらの旗本とするのは、片岡家の当主としての責務だ。

だから、三年前、二十五にして小普請《こぶしん》世話役《せわやく》から宿願の徒目付に移って、初めて雅之から頼まれ御用を振られたときは、迷惑という気持ちをすぐに敵意が追い越した。組頭みずから頼まれ御用を割り振ることじたい釈然としないが、新参者が上司にゃめろとは言えない。代わりに、こっちの邪魔だけはしないでもらいたい。父は小十人のあと小普請に回されて、直人は幕臣暮らしを無役から始めなければならなかった。十五のときから登城前の権家の屋敷に通い詰める逢対《あいたい》を重ね、ようやく小普請世話役の御役目にありついたのは、七年が経《た》った二十二の秋だ。未明の行列に共に並びつづけた数知れぬ訪問客のなかで、無役から這い出すことができたのは直人ともう一人、普請方同心《ふしんがたどうしん》に就いた北島士郎《きたじましろう》の二人だけだったはずである。そんな脇道に、手間どっていられる身分ではないのだ。

だから、直人はきっぱりと断わった。今後とも、その気はないことを伝えたつもりだった。それでも懲《こ》りずに、雅之は幾度となく声をかけてきて、直人はすくなからず苛立《いらだ》ちつつ、拒みつづけなければならなかった。なのに翌年春、とうとう首を縦に振ったのは、けっして折れたわけではない。間近で接するうちにだんだんと、雅之の顔が変わって見えてきたからだ。

最初、直人の目に鵜飼《うか》いの鵜匠と映った雅之は、知れば、上前をかすめ取ってなどいなかった。雅之は直人よりもひと回り齢上で、まだ四十前だったにもかかわらず、およそ欲とは無縁であり、頼まれ御用を囲い込もうとも、旗本へ身上がろうともせず、つぶさに観《み》れば、常に飄然《ひょうぜん》としつつも御用に正対していた。そんな勤めぶりをする役人を、直人は知らず、そこがどんな場処なのかを知りたくて、頼まれ御用を請けた。それからは、おおよそ半年置きに務めて、こんど請ければ五度目になる。

実際に向き合ってみれば、常《つね》とはちがう御用はなんとも人臭《ひとくさ》く、重ねるほどに、頑《かたくな》に拒んでいた頃の己の偏狭《へんきょう》さを突きつけられた。この世には、自分の知らぬことがごまんとあって、そうと気づけば、知らずに済ますわけにはいかなかった。しかし同時に、片岡の家の当主としての自分の務めもけっして忘れずにいて、頼まれ御用とはきちんと距離を保っているつもりだったのだが……。

道役の善兵衛と別れて、両国橋の賑《にぎ》わいが伝わってくる頃には、空は半ばの藍《あい》になっていた。そろそろ頭を切り替えようと思うのだが、点《とも》り始めた提灯《ちょうちん》の波が川風に揺れて、逆に、子供だった頃の直人を呼び戻す。

直人がまだ前髪をつけていた寛政の御代《みよ》でも、犬歩きはいけない、という警句は生きていた。大人も子供も足を向けるのはもっぱら近所で、犬のように当てもなく遠くまでほっつき歩いたりはしない。本所深川というが、ふたつの町を分かつ竪川に架かる橋だって、川沿いの住人でもない限り、お互い、そうそうは越えなかった。長く歩けば、下駄《げた》だって、腹だって減る。

だから、年に一度だけ、まだ十歳になる前、世話役の大人《おとな》に引率されて、両国橋東詰の回向院《えこういん》の出開帳《でかいちょう》に列をつくって詣《もう》でるときなどは、前夜、ほとんど寝られなかったものだ。吉田町の子供にとって川といえばそれは目の前の大横川で、割下水を東から西へたどり切ってもまだ行き着かない、大川の川端に立つのは大冒険だったのである。

当然、はるばると遠路を渡って鎮座する諸国の秘仏や御神体を拝めば胸は高鳴って、心の臓が跳び出してきそうだったが、さらに大きな喜びは、そのあとに待っていた。なんと大川を渡り、江戸随一の盛り場である両国橋西詰の広小路に立って、幾世餅《いくよもち》を口に入れ、道明寺《どうみょうじ》の入った砂糖水を飲むことができたのである。川向こうの子供が両国橋を渡り切って、本物の江戸に己《おの》が躰を置き、物を喰うのはその日くらいのもので、それから数日は、雲の上にいるようだった。

　そんな直人が、ずっと江戸方で暮らさなければならないと思い詰めるようになったのは、十五にして当主となり、半席の身分が骨身に滲《し》みた寛政九年の春だ。秘仏を拝みに行くのでも、砂糖水を飲みに行くのでもない。御役目を得て江戸方に渡って、もう二度と戻らないのだと、初めての逢対に向かう朝、まだ暗い両国橋の東詰に立って、己《おのれ》に誓った。これから大川を越えて、西詰に足を着けたら、東詰とは縁を切るのだと、みずからに命じた。二十八になったいまでも、直人は、雅之から青いと揶揄《やゆ》される。いまが青かったら、あの頃の自分は、紺青《こんじょう》を煮詰めたような色だったただろう。

回向院前の雑踏を抜けながら、青い直人は紺青の直人に、ちっと遠回りさせてくれ、と言う。あの頃の焦燥を、忘れるはずもない。でも、いまは、表の御用では見えにくい、人の地肌を見なければならない。見て、どうする、というものでもない。なにかに役立てる、というものではない。ともあれ見なければならないし、見ずにはいられない。きっと、それは吉田町の溝を流れる雨水が、川幅二十間の竪川を、大横川を目指すようなものなのだろう。そこから首尾《しゅび》よく海へ流れ出るかどうかは分からないし、結局は溢《あふ》れ返って逆流し、床を洗うのかもしれないが、しかし、とにかくいまは、広い流れを見ないわけにはゆかないのだ。

両国橋を渡ると、川風がいかにも温《ぬる》んで、もう半月もすれば、季節が初夏《はつなつ》になることを伝える。そういえば、この前、頼まれ御用を請けたときは、小伝馬町牢屋敷《こでんまちょうろう》を取り巻く堀に薄氷《うすごおり》が張っていたのだと直人は思った。十一月の初旬だったから、あれからもう四ケ月余りが経っている。あいだに一度、御用を振られて遠慮した。水はずいぶんと、滞《とどこお》っている。

頼まれ御用を心待ちにしていたって、ちっともおかしくはない。

七五屋の縄暖簾《なわのれん》をくぐってみると、いつもの小上がりに雅之の姿はなかった。これまでは決まって先に着いて、手酌で始めていた。喜助に言伝《ことづて》があるかどうかを尋ねると、「いえ、なにも」と答え、「そのうち見えられるでしょう」とつづける。とりあえず、立ち消えになったわけではないようだ。

ひとまず、ほっとしたところに、喜助が熱いほうじ茶の入った大きな湯呑みを置く。もうとっくに、直人が、御用の輪郭を摑《つか》むまでは酒も喰い物も腹に入れないのを承知している。ありがたく口元に運ぶと、馥郁《ふくいく》たる香りがわっと広がった。喜助はほうじ茶を、焙烙《ほうろく》で煎茶《せんちゃ》から煎《い》る。日がな一日、歩き通した躰に、ここでしか呑めない熱い茶が旨い。

空になりかけた頃、雅之が現れ、脇に立ったまま湯呑みに目をやって、「相変わらずだねえ」と言った。

「待ってるあいだに二、三本空けてるくれえに、片岡が太くなってくれりゃあ、俺も安心なんだがな」

小上がりに足をかけながら、つづける。

猪口《ちょこ》も箸も手にしない直人を前にすると、「酒が入ったくれえで、御用に気が集めにくくなるってのはちっと軟《やわ》すぎねえかい」というのが口癖だったが、近頃は言い方が少し柔らかくなった。

「三本は多いでしょう」

「おっ、切り返すねえ」

笑みを浮かべてから、真顔に戻って言葉を足す。

「でもな、今度はまた、青くてなんぼの片岡の出番かもしれねえ」

「年輩、ということですか」

「六十九さ」

雅之はずっと、直人のことを爺殺《じじいごろ》しと言ってきている。年寄りというのは、青くて、硬くて、不器用な若いのが大好きで、それで直人が年寄りの科人《とがにん》に真相を問い糾すと、あっさりと口を割るというわけだ。青い、はともかく、二十代も半ばを過ぎて、若いの、と言われれば、いい気がするはずもないが、雅之が相手だと、角の立った言葉も耳を素通りしていく。

「近頃は年寄りが危ないねえ」

すっと出された燗徳利《かんどっくり》を手酌で傾けて、雅之がつづけた。

「齢喰ったら、人は丸くなるってのは、ありゃあ外《はず》してるぜ」

たしかに、このところ町方でも、捕えてみれば年寄りだった、という事件がけっこう目に付く。

「若《わけ》えうちはまだ先があるし、世の中見えてもいねえから、ま、ひとまず堪《こら》えておかってんで、我慢も利《き》く。けどな、年寄りはそうじゃねえ。我慢を重ねて、いい目を見たやつはその先も我慢できるかもしれねえが、そんなのは、ま、ほんのひと握りだろう」

珍しく浮かぬ顔で、猪口を干した。雅之は、一人でなくとも、いつも手酌だ。すっかり板に付いて様子がよく、苦い酒でさえ旨そうに見える。

「あらかたの年寄りは、我慢のしがいを感じてなんぞいるめえ。たっぷりと世間を見てきて、ならぬ堪忍《かんにん》をしたところで、結果はどうってこともねえのが骨身に滲みている。おまけに、先は短けえってことで、なんで我慢をしなきゃなんねえのか、逆に分からなくなっちまうんだ。齢を喰うほどに、堪忍する歯止めが消えてゆく。で、若えうちは軽く我慢できたことでも、簡単に弾《はじ》ける。ひょっとしたら、それで命盗《と》られるんなら、それはそれで手間が省ける、くれえに踏んでいるのかもしんねえ」

「今度の件も、そのたぐいですか」

「それが、そうじゃねえんだ。ちょっと見にはな」

言葉が切れる頃合いを見計らって、喜助が、直人には替わりの湯呑みを、雅之には トコブシの含め煮を出す。いまが旬《しゅん》の貝ではあるが、青柳ではない。例によって、雅之が「含め煮は、空煮《からに》した煮汁をいったん漉《こ》してから、酒と醬油《しょうゆ》を足して含ますのが肝《きも》なんだ」などとひとくさりしてから話を戻した。

「名を、古坂信右衛門《ふるさかしんえもん》というんだがな。むしろ、いま言った、ほんのひと握りのほうの手合いだろう。御目見以下から始めて、縁の下の力持ちの御役目をこつこつ積み重ね、五十を過ぎてから作事下奉行《さくじしたぶぎょう》になり、御賄頭《おまかないがしら》になって、とうとう永々御目見以《えいえいおめみえい》上《じょう》の旗本にまでなっちまった」

そういうこともあるのだと、直人は思う。

「御賄頭は職禄二百俵、役料二百俵の四百俵で、けっして高禄というわけじゃあねえが、信右衛門は六十九になったいまも在役《ざいやく》だ。知ってのとおり、御賄頭にしても作事下奉行にしても、役得の大きい御役目だから、十年つづければ、もう隠居後の活計《たっき》の不安ともまるで無縁だろう。これ以上を望んだら罰《ばち》が当たるってもんで、ほんとうならいくらでも我慢が利く年寄りのはずなのさ。それが、よりによって、辻番所組合《つじばんしょくみあい》の仲間内を手にかけた」

「辻番所組合！」

「ああ、外神田《そと》のな。御近所どうしってわけよ」

橋の世話になる者たちが、組合をつくって組合橋を管理するように、武家地では、しかるべき区画の内の武家屋敷が、それぞれ費用を出し合って辻番所を運営する。南北の御番所合わせても三十人足らずの廻り方同心で、なんとか大江戸の治安を保っているのは、町人地には町が置く自身番《じしんばん》が、そして武家地には辻番所があるからだ。

「相手はどのような？」

「片岡は聞き逃せねえと思うがな。池沢征次郎《いけざわせいじろう》という五十七歳の勘定組頭だ。それも、やっぱり御目見以下の御徒《おかち》からの叩《たた》き上げときている」

「まことですか」

「御徒と徒目付のちがいはあるが、御家人が勘定所に移って旗本に身上がったわけだから、片岡の歩みてえ路を歩んだ御仁《ごじん》ってことになるな」

雅之はとうに、直人の本望《ほんもう》を知っている。

「いま征次郎は？」

「幸い、命に別状はねえ。傷は浅かねえがな」

「遺恨、ですか」

「いや、それらしい事情はなんにも見つからねえ。ご立派な旗本どうしでも、屋敷地の境にまつわる諍《いさか》いで刃傷沙汰《にんじょうざた》にまでなっちまうのはめずらしくもねえが、信右衛門と征次郎は近所どうしとはいっても隣り合っちゃいない。区割りが三つほど離れている。それもあって、そもそも二人のつながりが見当たらねえ。近所は近所だが、まったく行き来もねえのよ。同じ辻番所組合ではあるが、番所に詰めるのは雇い人で、組合仲間がするのはカネを出すことだけだ。組合にもよるだろうが、十年この方一度も顔も合わせせないなんてことだってあるようだぜ」

「御役目では、どうです。御賄頭と、勘定組頭ならば、関わりがあってもおかしくはありませんが」

「そのあたりは表《おもて》の御用でもきっちり調べたんだが、二人についちゃあ、結び目は見つかんなかった。顔は合わせていなくとも、書面で関わっていることだってあるが、そっちを調べても無駄骨さ。信右衛門の出した申請書に、征次郎が反対したなんてこともねえのよ」

雅之がふっと息をついて燗徳利を傾けると、なかは空だった。声をかける間もなく、喜助が二本目を運んできて、めじかの新子《しんこ》があるんですが、あとでお出ししますか、と聞く。雅之はとたんに顔を崩して、そりゃあ、いい日に来合わせたもんだなあ、と言った。

「鰹《かつお》とはいっても、鰹節に使う鰹の子供が、めじかの新子でな」

喜助が下がると、嬉《うれ》しそうに直人に説く。

「大人のめじかは血合いが多くて生じゃあ喰えたもんじゃねえが、子供のほうはもう、もちもちっとして頬が落ちる。江戸じゃあめったに口に入らねえから僥倖《ぎょうこう》だぜ。こいつを喰ったら、初鰹なんぞふっ飛んじまう。で、御褒美《ごほうび》ができたところで、二人のつながりに話を戻すがな……」

すっと笑みを消して、雅之はつづけた。

「御役目じゃあさっぱりなんで、道楽のほうを当たってみたんだが、こっちも交わりようがねえんだ。信右衛門は囲碁くらいは打つが、征次郎はおそろしく不調法でな。囲碁、将棋、釣り、俳諧、漢詩……いっさい、やらない。唯一《ゆいいつ》の趣味は、庭の梅の実を摘《つ》んで梅干しを漬けることで、毎年、二斗はつくって親類や近所に振る舞っていたそうだ。表の御用の担当も、ひょっとしたら、と思ったんだろうな。その線も洗ってみたんだが、信右衛門は梅干しが大の苦手らしくて立ち消えた。そういうわけで、道楽でもつながらねえ。ないない尽くしさ」

「二人の評判はどうです」

「信右衛門は可もなし不可もなし。征次郎は相当いい。まさに、梅干し漬けが唯一の趣味というのが人柄を表わしていて、真面目《まじめ》そのものと、皆、口を揃える。どっちも、恨みを売ったり買ったりする手合いじゃあねえってことだ」

「それでも、事件は起きた……」

「ああ、刻《とき》は登城前の五つ半、場処は信右衛門の屋敷の塀沿いだ。信右衛門が門を出たら、六、七間離れた下水沿いに征次郎が立っていてな。それを認めた信右衛門がつかつかと歩み寄って、言葉をかけることもなく、いきなり抜刀して斬りかかったってことだ」

「征次郎はなんで、その場処にいたんです」

「それが、いかにも真面目一徹の征次郎らしいんだがな。亀を見ていたそうだぜ」

「亀、ですか」

「ああ、たまたま亀が下水に巣をつくっていてな。毎朝、御役所に向かう前に、小亀の様子を見るのが楽しみだったそうだ。だから、最初はなにが起きたのか分からなかったらしい。目も、気も、亀に向けていたところを、突然、襲われたわけだから」

「人まちがいをした、ということはありませんか」

「そう想うよな。俺も、それを疑ったが、信右衛門ははっきりと、征次郎と分かって刃傷に及んだ、と答えている」

「けれど、その理由は言わないわけですね」

「ああ、だから、片岡の出番なのよ」

　直人が頼まれ御用で求められているのは、事件のなぜを解き明かすことだ。御番所にしても、評定所にしても、罪科を定め、刑罰を執行するための要件に、なぜは入っていない。自白さえ得れば、なぜそこに至ったのかは見えずとも、手続きを前へ進めることができる。けれど、制度はそうであったとしても、たとえば肉親を事件で失った者であれば、最も知りたいのはなぜであろう。なぜ、命を奪われなければならなかったのか、であろう。だから、頼む者がいて、頼まれる者がいる。

　おのずと、直人がやるべきは、事件を調べ直すことではない。すでに、科人は罪を認めている。いつ刑が執行されるか分からず、時の猶予《ゆうよ》はない。最も望ましいのは、雅之の講説《こうせつ》を聴くだけで、なぜの的《まと》を射抜く、仮説を立てることである。

　科人はそれぞれの理由で、なぜをあの世まで持っていこうと気を張っている。とはいえ、どこかに、すべてを明かしてみたいという欲もある。見抜かれることによって、一気に張り詰めたものが解《ほど》け、その口からなぜが洩《も》れ出てくる。的を外さぬ仮説を、できうる限りすみやかに立てることこそが、頼まれ御用のすべてだ。

去年十一月の小伝馬町牢屋敷のときは、これがうまく行った。雅之の言葉の他は、その前の真桑瓜《まくわうり》の一件でも世話になった下谷広小路の偽《にせ》系図売り、沢田源内との無駄話だけで的の真ん中に命中させることができた。けれど、今度の一件は雲を摑むようだ。ずいぶんと温《ぬる》くなったほうじ茶をひと口含み、さて、関わりのある者に話を聴くとしたら、それは誰にすべきなのか……思案をし出したところで、雅之が言った。

「実はな、ここまでの話で、あえて伏せてきた事実がひとつある」

「伏せてきた……」

「ああ」

雅之は猪口を置く。

「最初にそいつを言っちまうと、逆に事件の輪郭を摑みづらくするんでな」

そういう気働きが、いかにも雅之らしい。同じ中身を語っても、その順番しだいで、頭への入り方はまったく変わってくる。

「まずは、そいつ抜きで語って、さて、どうするかってとこで、足したほうがいいと踏んだのさ。出し惜しみしたわけじゃあねえよ」

出し惜しみどころか、さすがだな、と直人は思った。雅之はいつも、仮説を組むのに必要な材料を、必要なだけ用意する。そして、出すべき順番で出す。それが実にツボにはまっていて、時折、導かれているような気になることもある。

「信右衛門の家筋だがな……」

「ええ」

家筋か、と直人は想い、頭が廻《めぐ》る。両番家筋、小十人筋……、いろいろある。

「御庭番家筋《おにわばんけすじ》なんだよ」

「はっ」

「だから御庭番家筋さ。御庭番二十六家のひとつだ」

そいつはまったく見えていなかった。

いまとなっては百年近くも前、紀州藩第五代藩主、徳川吉宗公が八代様《はちだい》となったとき、江戸の幕臣たちはおおむね歓迎した。館林《たてばやし》藩から江戸城に入った五代綱吉《つなよし》様、甲府藩から入った六代家宣《いえのぶ》様が、それぞれの藩を廃藩にして、すべての藩士を幕臣に取り立て、御役目不足を引き起こして旧来の幕臣の出仕《しゅっし》を難しくしたのに対し、八代様は紀州藩を存続させ、わずかな家臣を引き連れて、江戸城の主《あるじ》となったからである。

ただし、わずかとはいっても、それは紀州藩という御三家にとってのわずかであり、実数で言えば二百名を越えていて、そして、そのなかには紀州藩で隠密として奉公していた十七名の薬込役《くすりごめやく》が含まれていた。これが、将軍直々の隠密御用を担《にな》う御庭番となり、後に別家《べっけ》九家を加えて、二十六家の御庭番家筋となったのである。それまで隠密を務めていた伊賀者や甲賀者は、御庭番が立ち上がるとともに御用を解かれ、もっぱら警備の御役目に回されていった。

とはいえ、御庭番家筋にしても、百年のあいだには、変わらずにはいられない。その変容を最もよく表わしているのが、他でもない古坂信右衛門で、元はといえば三十五俵二人扶持《ぶち》の下吏《かり》にすぎなかった御庭番が、しだいに隠密ではなく、表の真っ当な御用を務めるようになり、そして多くが身上がって、ふつうの旗本の御庭番がめずらしくもなくなった。

当然、「武鑑《ぶかん》」にも収録され、名前も屋敷地も載って公《おおやけ》にされる。裸にされた隠密に果たして隠密御用が務まるのか、誰もが訝るところだが、将軍直々という伝説はいまなお生きていて、江戸の町民は御庭番の一挙手一投足《いっきょしゅいっとうそく》に目を光らせる。当主はむろん、子弟が不始末をしでかしても、断じて許さない。

今回、信右衛門の一件が、内々《ないない》に始末されることなく、正規の監察を担う目付筋の吟味に回されたのも、御庭番家筋を預かる側用人《そばようにん》と、目付筋を預かる老中、若年寄との力の按排《あんばい》などもあろうが、そういう衆生《しゅじょう》の目も利いているのだろう。

「初めに御庭番家筋と言ったら、どうしたって、これも隠密御用なんじゃねえかってことになるだろう」

「そうですね」

むしろ、そっちに頭が向かないほうが、おかしかろう。

「そうでなくとも、予断ができちまう。別の筋を組み立てていても、いちいちそこで引っかかる。ところが、この一件は、どこをどう洗っても、隠密御用とは無縁だ。だから、片岡はもう、きれいさっぱり隠密御用のことは頭から消し去っていい」

きっぱりと、雅之は言った。こういうときの雅之は妙に凄《すご》みがある。

「いいかい。信右衛門は御庭番家筋ではある。こいつは覚えてていい。でも、隠密御用はこの場ですっかり忘れちまう。そういうことだ」

「分かりました」

直人にとっては、曖昧《あいまい》さを残さずに言い切ってくれるのが、身に滲みてありがたい。時も手間もかけずに、なぜの的を射抜かなければならない直人にとっては、なにを考えねばならないかを示されることにも増して、なにを考えないでよいかを告げられるのが助け舟となる。そこは手を着けずともよいのだと、見切ることができる安堵感《あんどかん》はすこぶる大きい。それによって蓄えられた力を、本筋に振り向けることもできる。だから、こういうことがたび重なると、雅之に導かれている気にもなるのだ。

「伝《つて》をたどって、信右衛門が二十一で初出仕してからの御用を洗い出してみたんだがな」

それ、そのように、ふんわりとしているようでいて、厄介なことも地道にやる。

「いわゆる隠密御用である内々遠国御用《ないないおんごくごよう》を務めたのは、あとにも先にも、御広敷添番《おひろしきそえばん》並《なみ》を務めていた頃の一回こっきりで、信右衛門が二十七歳のときだ。以来、四十二年間、まったく隠密としての御用には手を染めていない。隠密御用とは完全に縁が切れていると見てよいだろう」

「それは、めずらしい例なのでしょうか」

「誰が語るかによってちがうだろう。いまや御庭番も一介の幕臣として捉《とら》えたほうがいいという声もすくなかない。だとしたら、めずらしくもなくなる。一方で、いまはたまたま御庭番を使う側の、側用人の力が落ちてるから目立たねえだけだっていう声もある。おそらくは、どっちも正しいんだろう。どっちの側を見るかで、様相も変わる。で、そっちは置いといて、信右衛門についてだけ言やあ、やっぱり、その一度の内々遠国御用の出来が思わしくなかったようだ」

「そこで、向いていないと判断されたということですか」

もしも、そうなら、たった一度での烙印《らくいん》は辛《つら》かろう。

「そういうことなんだろうがな……」

雅之はしばし思案する風を見せてから、つづけた。

「そのあたりについちゃあ、ちっとだけ待ってくれ」

考え処《どこ》はじっくりと詰めて考え抜くのも、雅之ならではだ。才気走って、ことさらに手際のよさを、見せつけたりはしない。

「どうも、頼み人の依頼の理由がいまいち呑み込みにくくてな。それを含めて、もう、ひと揉《も》みしてみてえのよ」

「頼み人の、ですか……」

そこに疑義が挟まれることは、これまではなかった。

「信右衛門よりも三つ上の、つまりは今年で七十二のやはり御庭番家筋なんだがな。頼みを寄せてきたときの言い分をかいつまんで言やあ、いまや隠密御用とは無縁の御庭番がすくなかない。そういう御庭番がどういう気持ちで日々を過ごしているのかを、この事件を通して探りたいというわけだ」

「筋は通っていなくはありませんが」

「それを言い出すのが、御庭番家筋でも元締格《もとじめかく》ならばな。だが、頼み人はそうじゃねえんだ。となると、理由がちっときれい過ぎねえかい」

「たしかに」

「そいつが気になって、今日も調べもんをしてたんだが、想いの外《ほか》、手間取ってな。ここへも、着くのが遅れちまった。ま、この頼み人の件についちゃあ、俺に預からせてくれ。片岡は、本筋だけに気を集めてほしい。頼み人の腹がどこにあろうと、信右衛門の動機を明らかにしなきゃよかったってことにはならねえと思うが、もしも、そういう怖《おそ》れがちっとでも出てきたら、伏せるなり、要所を省くなりする。だから、この件についても、この場で忘れてくれ。で、そろそろ、いいかい。めじかの新子ってのは鰯《いわし》や鯖《さば》以上に傷《いた》むのが早くてな。うっかりすると、肝腎《かんじん》のもちもちが消えちまうのよ。喜助もきっと、やきもきしてるはずだ」

たしかに、喜助は心ここにあらずに見えた。直人の席からは板場が見渡せるのだが、さっきから、引っ込んでは顔を出して、こっちの様子を窺《うかが》っている。雅之が首を回して手を上げると、目を大きく見開き、無言で板場に消えた。さぞかし手早く包丁を動かしているのだろうと思う間もなく再び姿を現わして、赤身を盛った大皿を早足で運んでくる。わずか十歩足らずの間合いを急いても詮《せん》ないと思うのだが、知らずに気持ちが前に行ってしまうのだろう。

「いや、よかった、間に合って」

喜助は卓に置きながら、安堵の声を洩《も》らす。

「これ以上かかるんなら、炒《い》って、ふりかけにしちまおうかって思ってたとこでした」

「めじかの新子がふりかけかあ。そいつは贅沢《ぜいたく》だなあ」

雅之は両手を膝に置いたまま、箸を取らずに、目で大皿を嘗《な》め回す。

「釣ったのかい」

「へえ、新しい竿《さお》を試《ため》しに、夕にちっとだけ。伊豆へでも向かう途中で、江戸前に迷い込んだんでしょう。上がったときはびっくりしました。めったにお目にかかれないんでね。ほんとうにめじかかって、幾度もたしかめちまいましたよ」

「じゃ、試させてもらおうか」

雅之は頬を緩めて箸を伸ばす。

「まちがいねえ」

そして、口に入れるが早いか、声を上げた。

「こいつはまちがいなくめじかだよ。めじかの新子だ。このもちもちが、半端《はんぱ》じゃねえ」

最初の頃は、こういうやりとりに、どうにも馴染《なじ》めなかった。武家が喰い物なんぞに淫《いん》しているると見えた。腹にあることを、そのままぶつけたこともある。すると、雅之は、「むろん、旨いもんじゃなきゃいけねえ、なんてこたあさらさらねえ」と答えた。そして、つづけた。「でも、旨いもんを喰やあ、人間、自然と笑顔になる」。

「片岡、早く喰ってみろよ」

いまも、まだ話の輪には入らない。

「それでは」

でも、めじかの新子を口に入れ、顎《あご》を動かせば、魚とは思えぬ嚙《か》みごたえが持ち前の旨みを数段も引き立てて、知らずに雅之の言う通りの顔になってしまう。

やれやれ、と思う頭の片隅で、しかし、今日に限っては、どうやら、黒江町の青柳は出ぬようだな、という想いが、ふと過《よぎ》った。

雅之に辞去をして、七五屋を早々と六つ半で切り上げたのは、やはり、どうにも先が見えなかったせいだろう。

雅之が気を利かせてくれたにもかかわらず、時を経るほどに、腹に呑み込んだ御庭番家筋が勝手に膨らんで、どうにも考えがまとまらない。一人になって、一度、頭のなかを白紙にしようと、すっかり藍に染まった神田多町の通りへ出た。

多町は、職人の町と青物の町が入り交じる。おまけに、陽《ひ》のあるうちに春をひさぐ比丘尼《びくに》が夜の寝座《ねぐら》にする町でもある。どうやってもひとつには括《くく》れない、ごちゃごちゃとした町風《まちふう》が、まっさらになるにはうってつけだ。

当てもなく足を踏み出すと、別に黒江町に行こうとしたわけでもないのに、とりあえず、川向こうの方角へ爪先《つまさき》が向いた。ゆっくりと歩みつつ、そろそろ、家路をたどる白い尼姿が、通りに浮かび上がる頃合いだなどと想っていたら、まさに、向こうから一人の比丘尼がこっちへ近づいてきて、すれちがい際《ぎわ》、直人にすっと意味ありげな目をくれる。

陽の落ちた町で、尼姿の遊女と出くわせば、美醜の見極めはどうしても甘くなろうが、それにしても向けられた顔は艶《えん》そのもので、思わず直人は、沢田源内を想い浮かべた。

下谷広小路《ひろこうじ》の露店で、浪人の身で偽系図を商っていた源内には、これまで二度、仮説を組む緒《いとぐち》を授けてもらっている。一度は去年六月の真桑瓜が関わる事件、そして二つ目は十一月の小伝馬町牢《ろう》屋敷を舞台にした事件だ。二度目のときは偽系図売りではなく、多町に暮らす比丘尼のヒモになっていて、自分の女のことを、多町一の比丘尼と称《たた》えていた。その比丘尼を知りさえすれば、直人とて、立派に女で人生を棒に振ることができる、と。

ひょっとすると、いまの比丘尼が、その転がり落ちることができる女ではないか、などと愚にもつかないことを考えたのは、きっと知らずに源内の姿を求めていたのだろう。

下谷にいた頃は露店とはいえ店を張っていたので、幾度となく顔を合わせ、出鱈目《でたらめ》な刷り物の客にもなった。けれど、多町に移ってからは、小伝馬町の一件以来、一度も出逢《であ》っていない。つい下谷の頃の癖で、いつでも会えるようなつもりでいたのだが、さして広くない多町とはいえ、そうそう偶然はあるものではなく、気がつくと、顔を見ぬまま四ヶ月余りが経っていた。

考えてみれば、あの一切の縛るものから自由に映る源内が、それほど長く一ヶ所にとどまるはずもなく、いまごろはどこか見知らぬ土地で、また新しい名前を名乗り、考えもつかぬ生業《なりわい》に就いているのだろうと思った。沢田源内にしてからが偽系図売りの元祖の名前であって、直人は源内の本名を知らない。多町のヒモの頃は、比丘尼からその名前を付けるように求められたという理由で、島崎貞之《しまざきさだゆき》を名乗っていた。

そうと得心《とくしん》してみると、急に足が重くなって、川向こうの黒江町がいかにも遠い。かといって、いまさら七五屋に戻るわけにもゆかず、そういえば、最近、柳原土手《やなぎはらどて》に出ている屋台の蕎麦《そば》が評判を取っていると聞いていたのを思い出して、少し腹をよくしてから戻ろうと、屋台があるという柳森稲荷《やなぎもりいなり》の方へ足を向けた。蕎麦の他にも、けっこう気の利いたつまみを出して呑ませるらしい。

柳原土手といえば突いて出る言葉は古手屋《ふるてや》か夜鷹《よたか》で、誘いの声をやり過ごしながら社《やしろ》に近づくと、すでに、いくつか並んだ床机《しょうぎ》に七、八人が座って、蕎麦を手繰《たぐ》ったり、チロリを傾けたりしていた。屋台は蕎麦屋一軒ではなく、煮売り屋やおでん屋もあって、どこで頼んでもそこの床机を使って呑み喰いできるらしい。

訪れる前は蕎麦だけと思っていたが、その様子を目にするうちに軽く入れたくなり、屋台の奥で顔の見えぬ店主に、つまみはなにができる、と声をかけた。

と、「今宵《こよい》は青柳だな。黒江町の本場ものだ」という、商売人らしからぬ声色《こわいろ》の返事が戻ってくる。思わず奥を覗《のぞ》き込むと、そこには沢田源内の顔があって、おう！と声を上げると、おう！と返ってきた。

「いや、もう神田にはおらないのではないかと想っていたぞ」

知らずに、声が大きくなる。

「それがしも、同感である」

どこか浮世離れした、源内ならではの調子はそのままで、相変わらず、どんな場処にも彼岸《ひがん》はあるのだと思わせてくれる。あのときと同じわるびれぬ喋《しゃべ》りに、懐かしさが募《つの》った。

「屋台をやっているということは、ヒモはやめたのか」

「ヒモは終わった。しかし、女とはいる」

源内は蕎麦を茹《ゆ》でていて、手は休めずに言う。

「あの多町一の比丘尼殿か」

「そうだ。しかし、いまは町には出ていない。お主には申し訳ないが、もう、お主の相手をさせるわけにはいかなくなった」

仔細《しさい》は分からぬが、どうやら、変わりなく、とはゆかぬようだ。

「あれほどの女は二度と出ない。お主も、女で道を踏み外して、転がり落ちるのは難しくなったということだ」

「どう、された」

「しばし待て」

源内は、「あられ蕎麦を頼んだ者！　上がったぞ」と声を張り上げてから、つづけた。

「あの生業をつづけておれば、もとより常につつがなくというわけにはゆかぬ」

あくまで声は淡々と、源内は語る。

「病《やまい》も得るし、毒を煮詰めた者の相手にもなる。それを覚悟の身過ぎだ。いまは、それがしが、世話をさせてもらっている」

それだけ言うと口を噤《つぐ》んで、その先を語るつもりはないという腹が伝わってきた。

偽系図を商っていたのに、源内の振舞いは、偽とか似非《えせ》とかから、遥《はる》かに遠い。

「それより、青柳はどうする？　造《つく》るか」

出口を失った直人の言葉を、源内が引き出す。

「むろん、頼む」

助《す》けられたな、と直人は思い、声に力を込めてつづけた。

「酒も熱燗でくれ！」

せめて盛大に、空いたチロリを並べようと直人は思った。酔いつぶれたことはないが、明日は非番だ。雅之はたいてい、非番の前夜に寄合《よりあい》を持つ。そういうことであれば、今夜はここで酔いつぶれてもよい。

「青柳は蓼酢《たですす》だが、よいか」

「よい」

青柳なら、なんでもよい。いや、ここで出すものなら、なんでもよい。

「夕前《ゆうまえ》からずっと、青柳を喰いたいと思っておった」

「好物か」

「ことさらに好むというわけではないが、旬であろう」

それに、川向こうで獲《と》れる。

「青柳も旬ではあるが……」

源内は手を動かし始める。

「それがしが、青柳の蓼酢で楽しんでもらいたいのは、蓼《たで》のほうだ」

「蓼……」

「蓼もいまが旬なのだ。春の他は、塩に漬けた塩蓼《しおたで》を水で戻して、塩抜きをしてから蓼酢に使う。生の香り高い蓼酢を味わえるのは、いまだけだ」

「ほお」

それは、まったく知らなかった。というよりも、ことさらに蓼に関心が向かなかった。

「それがしもずっと知らなかった。蓼とは、そういうものだ。ところが、蓼喰う虫も好きずき、というが、あるとき、その虫と知り合ってな。それで知った」

「そうか」

虫が誰かは、言わずもがななのだろう。

「それ、できたぞ」

出された小鉢に顔を近づけると、たしかに春の野の香りが健気《けなげ》に伝わる。

「こいつは……なんとも言えんな」

生の蓼に味を彩《いろど》られた青柳の蓼酢は、想ったよりも遥かに美味だった。

何本でもチロリを空けようと思っていたところに、つまみも旨《うま》いとあって、酒が進む。

七五屋で出す伊丹《いたみ》の上酒《じょうざけ》と比べれば話にもならぬ関東地廻りの安酒だが、するすると喉を下りていく。

けれど、いくら空にしても、ちっとも酔わない。

「想いの外、強いな」

「そのようだ」

酒はそこそこと自戒していたので、いったい自分がどれほど呑めるのか、試したことがない。当然、己の酒量が分からない。

ひょっとすると、底なしというやつか、と思ったとたん、意識がふっと途切れた。

翌朝、目覚めると、ちゃんと下谷御簞笥町の組屋敷にいて、布団に入っていたし、寝間着も着ていた。とはいえ、どこをどうやって帰り着いたのか、まったく覚えていない。

飯炊《めした》きを頼んでいる銀婆《ぎんばあ》さんに訊《き》くと、めずらしく少しは回っていたようだが、深酔いしているようにはちっとも見えなかったと言う。いつものように寝る前には硬く絞った手拭《てぬぐ》いで躰を拭《ふ》き、寝間着も自分で着たらしい。

少しはほっとしたものの、柳森稲荷の屋台から組屋敷までの記憶が抜けていることに変わりはなく、依然として不安が安堵を上回る。それでも、時を経るほどに、気が満ちてきたのは、今日、やるべきことがくっきりとしてきたからだ。

源内の屋台でのやり取りははっきりと覚えている。異様にはっきりと覚えていて、なかでも、「蓼もいまが旬なのだ」という源内の言葉は彫り込まれたかのようだ。

源内は、「それがしが、青柳の蓼酢で楽しんでもらいたいのは、蓼のほうだ」と言った。「青柳も旬ではあるが、蓼もいまが旬なのだ」と。

昨夜は、喰い物の話としてだけ受け止めたが、ひと晩、寝かせるうちに、言葉は別の意味を蓄えていた。

古坂信右衛門ではない。

池沢征次郎なのだ、と。

信右衛門が青柳で、そして征次郎が蓼なのである。

襲撃した側と、襲撃された側なら、人の目は襲撃した側に行きがちだ。科人のなぜを解き明かす直人であってみれば、なおさらである。まして、御庭番の家筋が加われば、あらかたの気は襲撃した側に注がれる。おのずと襲撃された側への注意は、青柳の蓼酢の蓼のように手薄になる。

が、事件は行きずりのものではない。信右衛門ははっきりと、征次郎と認めて刃傷に及んだ、と答えている。たとえ、征次郎が自覚していようといまいと、襲われる理由があったということだ。

征次郎は真面目そのものと聞く。恨みを買うような人物とはほど遠いと聞く。襲われる理由は、極めて限られてくるはずだ。だから、信右衛門よりもむしろ征次郎に力を入れ、少ない選択肢から絞り込んだほうが、逆に信右衛門の動機にたどり着きやすくなる。

急いで雅之に繋《つな》ぎを入れて、八つ半に、外神田の征次郎の屋敷で訊き取りをする手《て》筈《はず》を整えた。

すみやかに段取りができたのは、まだ傷が開いていて、夜具を離れられない状態であるにもかかわらず、征次郎が訊き取りを厭《いと》わなかったからだ。

それどころか直人が屋敷を訪ねて、あらためて訪問の趣旨を伝えると、「そのようなお願いができると承知しておれば、それがしが頼み人になりたかった」とさえ言った。

「あの方は罪を認めていると洩れ聞いておりましたので、お裁きはつつがなく進みましょう。つまりは、なにゆえにそれがしが襲われたのか、分からぬままに終わるものと諦《あきら》めておりました」

言葉は穏やかだが、武家が横になったまま語らねばならぬ無念は洩れ伝わってくる。役方の勘定組頭とて、大小を差していることに変わりはない。

「どうぞ、なんなりとお尋ねください。どのような問いにもお答えいたします。とはいっても、あの方とは近所とはいえ言葉も交わしたことがなく、申し上げることも見つけにくいのですが……」

「さすれば、古坂信右衛門のことは置きましょう」

直人は言った。直人は征次郎のことを知りたかった。

「池沢様ご自身のことをお話しください」

「それがしですか」

「はい。たとえば、ご自分が、余人《よじん》とはちがっておるかもしれぬ、と思われることはございませんか」

「さあ、自分のことは、存外《ぞんがい》、自分では見えぬものと言いますし、また、至って不調法でもありますれば、なかなか……」

「事件が起きたとき、亀を見ておられたそうですね」

「さよう、見ておりました。あの場処だけ、石組みの下水ではなく、土になっておるのです。それで、亀が巣をつくっておりました」

「その巣はご自分で見つけられたのでしょうか。それとも、人に聞いたのでしょうか」

「それがしが見つけました」

「たまたま、見つけた、ということでしょうか」

「いや、たまたま、というわけでもありません。見つけるべくして見つけた、ということになるのかもしれません」

「ほお、どういうことでしょう」

「いや、それを問われて、いま、気づきました。先ほどお尋ねの、それがしが余人とはちがっておるかもしれぬ点です」

「お聞かせください」

「それがしが昔、御徒を務めていたことはお聞き及びでしょうか」

「承知いたしております」

「父もやはり御徒で、それがしが子供の頃は御徒十五番組でした」

「まことですか！」

来た、と直人は思った。おそらく、これは材料になる。筋、を組む。

「十五番組をご存知ですか」

「あらかたの御徒の組屋敷は、下谷の御徒町《おかちまち》ですが、十五番組に限っては、深川元《もと》町《ちょう》ですね」

「よくご存知だ。さすが御徒目付ですね。ならば、深川に育った子供が、最初に覚えることは何か、知っておられますか」

「むろんです。溝浚《どぶさら》いです」

瞬間、征次郎は大きく目を見開いて、直人を見た。躰にも力が入ったらしく、傷の痛みに顔をしかめたが、すぐに己を御《ぎょ》して、口を開いた。

「これは、驚きましたな。ご存知のわけがないと思って、お尋ねしたのに」

「実は、それがしも本所育ちです」

「ああ、それで！」

征次郎は、腑《ふ》に落ちた風をあからさまにして、つづけた。

「ならば、いまでも、ご自分で溝浚いをなさいますか」

「いたします。雇い人任せにはしません。溝浚いだけはいい加減にやられると、我慢がなりません。人にやらせて、ずっと気にしているくらいなら、自分でやったほうがいい。どうしても御用があって無理なときを除けば、必ず自分で、と決めております」

「いやいや、こういうこともあるのですなあ」

征次郎はいかにも、我が意を得たり、という風だった。

「それがしもまったく同じです。片岡殿が言われるままです。どうしても御用があって無理なときを除けば、必ず自分で、と決めております。そのくらいですので、こと下水については、自分の分担の箇所だけでなく、組合の区割りの内はひと通り目を通します。そういうことで、あの亀の巣も、それがしがいち早く見つけることになったわけです。いや、しかし、嬉しい。この気持ちは、やはり、放っておけば海へ還《かえ》ろうとする地下《じげ》の土地に育った者でなければ、なかなか理解できません。今日はほんとうに、良い方にお目にかかった」

征次郎は相好《そうごう》を崩したが、直人は征次郎の言葉のなかの一語に引っ掛かった。

「ひとつだけ、たしかめさせていただきたいのですが」

「なんでしょう」

「いま、池沢様が言われた組合、組合ですが、それは辻番所組合のことですね」

「いえ、そうではありません」

「ちがうのですか」

「ええ、ほとんど重なりはしますが、厳密に言えば、組合の仲間の顔ぶれはまったく同じではありません。それがしが申した組合は、下水溜枡浚組合《げすいためますさらいくみあい》です。片岡殿の組屋敷付近では、下水の組合はありませんか」

「組合という形では、ございません。それで気づきませんでした。では、その下水溜枡浚組合には、古坂信右衛門は入っているのでしょうか。それとも、また別の組合なのでしょうか」

「同じ組合です。ではありますが、あの方は溝浚いには参加しておりません。いや、ご自身では、という意味ではございません。使用人も出しておりません。あの方が、御庭番家筋であることはご存知ですか」

「はい。今回、知りました」

「ここの組合だけなのかどうかは分かりませんが、御当代様《ごとうだいさま》直々の御用を担う御家に溝浚いをさせるわけにはゆかない、ということで、あの方に限っては、組合の務めが免除になっておるのです」

「免除、ですか」

「さようです」

「古坂信右衛門の屋敷はもうずっと、溝浚いをしていないのですね」

「ええ、ですから、あの御屋敷の分も持ち回りで浚います。とはいっても、ご案内したような事情ですので、それがしに回ってくることが多かった。人様の門前ということで、さすがに、奉公人に当たらせるようにいたしましたが、それでも幾度かはそれがしも浚いました」

「池沢様が、ご自身で……」

「はい」

ふー、と直人は大きく息をついた。

そして、いきなり組み上がってしまった、と思った。

征次郎が自分で溝浚いをするという事実を緒《いとぐち》にして、これからさらに材料を集め、慎重に仮説を組んでいこうとしていたのに、もうこれ以上、手を加えようがない完璧《かんぺき》な仮説が目の前にあった。

あとはただ、信右衛門にぶつけるだけだった。

翌日、信右衛門は呆気《あっけ》なく落ちた。

長く御庭番としての御用を務めていないにもかかわらず、下水溜枡浚組合の分担を免除されていたことを、ずっと負担に思ってきたのではないか、と水を向けると、堰《せき》を切ったように語り出した。もはや、こちらから問う必要もなかった。

組合の者たちの嘲《あざけ》るような視線は常に感じておりました。名ばかりの御庭番にもかかわらず、溝浚いを免れて平気でいる、という声が聴こえてくるようでした。

とりわけ、あのお方は、池沢殿は、あからさまだった。あてつけがましく、使用人を使わずにご自身で溝浚いをされるのです。いかな昔とは時代がちがうとはいえ、みずから襷《たすき》がけをして溝浚いをする旗本がどこにおりましょう。

しかも、幾度かは、当家の門前近くの溝まで浚ったことさえありました。その振舞いで、それがしを愚弄《ぐろう》しているのは明らかです。もう、何年前、いや、十年以上も前になりましょうか、池沢殿が門前近くを浚っていると、奉公人から初めて報告を受けたときは、直ちに池沢殿を討ち果たさなければならないと思いました。いや、ほんとうに立ち上がって、刀架から刀を摑んだのです。

ここを堪《こら》えてしまっては、もはや、武家として立ち行かないと思いました。武家には、堪えるべきところと、断じて堪えてはいけないところがあります。堪えてはいけないところで堪えれば、すでにして武士ではない。いまこそ、そのときであると思いました。

にもかかわらず、結局、堪えたのは、まだ内々遠国御用を言い付けられないと決まったわけではないと、己を諫《いさ》めたからです。いや、きっと命じられるはずであると信じておりました。四十代のときはむろん、五十代のときも、六十を数えても、信じておったのです。さればこそ、池沢殿をはじめとする、周囲の嘲笑《ちょうしょう》にも耐えることができた。二度目の御用が絶対にある、という一点で、後ろ指を指される御役目の数々にもけっして手を抜かず、己を律してきたのです。

さりながら、今年で、それがしはとうとう六十九になりました。来年はついに七十です。さすがに、ここに至ってまだ二度目があると思ったとしたら、それはただの阿《あ》呆《ほう》か、そうでなければ、保身のために己をごまかしている卑怯者《ひきょうもの》にすぎません。もはや、内々遠国御用を言い付けられることはありえない……それがしは、率直に認めざるをえませんでした。そのとき、もうすっかり脆《もろ》くなっていた突っかい棒が、呆気なく折れたのです。それがしには、その情けない音が聴こえるようでした。

屋敷周りの堀を覗いている池沢殿を認めたのは、そんなときでした。一心に下水の検分をしているようなその姿が目に入ったとき、積年の恨みの歯止めが外れて頭に血が上り、我を忘れました。そういうことであります。

池沢征次郎の真意を伝えるべきかどうか、直人は迷った。

諸々《もろもろ》考えた末に、伝えることにした。積年の恨みを晴らしたからといって、恨みが消えるわけではあるまい。信右衛門の処分がどうなるかは分からぬが、生きるにせよ、自裁するにせよ、恨みを持っていくことになる。ならば、真意を伝えて、恨みの源を断ったほうが、後悔はするだろうが、身軽にはなるだろう。

直人自身が本所の子供だった頃のことも交えて、征次郎の話を伝えると、信右衛門はぽつりと、「そうでしたか」と洩らした。

そして、しばし黙してから、「それがしは、ありもしないものに、あがいてきたのですかな」とだけ言った。

その、かな、が引っ掛かった。ありもしないものに、あがいてきたと、得心したわけではないということだろう。

その夕、七五屋で、結局は身軽にさせることはできなかったと雅之に言うと、「いや、信右衛門は得心してたのかもしんねえよ」と答えた。

「言葉ってのは、けっこうやくざな道具だ。腹のなかにあることを、そのまんま浚えるわけじゃねえ。そのくれえなら、言葉《ことば》尻《じり》って受け取っといたほうがよかろうよ」

そして、つづけた。

「ああ、頼み人だがな。たった一度の内々遠国御用の片割れだった」

「片割れ、ですか」

「あの御用は二人一組で務めるらしい。二人には上下があって、頼み人が上、信右衛門が下。下は上の指示で動くから、御用の首尾がはかばかしくなかったとしたら、あらかたの原因は上の指示の拙《まず》さにある。頼み人は、自分の失敗で、信右衛門がその後もずっと内々遠国御用から遠ざけられたことを気に病んでいたってわけさ」

「ほお……」

「が、これも、うがって見りゃあ、自分を恨みに思ってるかもしれねえ信右衛門が事件をしでかして、その火の粉が手前《てめえ》に降りかかってこねえか、怖れていたと言えなくもない。俺の勘じゃあ、どっちもある。しかし、ま、己かわいさだったとしたって、そんなもんはそんなもんだから、あんたの名前なんぞ出なかったとだけは言っておいた。さっ、こいつはもう仕舞いにしよう。今日は、黒江町の青柳の蓼酢があるぜ。この蓼だがな……」

「いまが旬の、生の蓼なのでしょう」

「知ってんのかい!」

　雅之の顔が綻《ほころ》ぶ。

「いや、片岡も隅に置けねえなあ」

　直人は、七五屋に来る前に、一刻も早く報告がしたくて柳森稲荷に寄った。

　源内の屋台はなかった。

　たまたま休みなのだろうとは思ったが、念のために煮売り屋の親爺にたしかめると、

「昨日、引き払ったようですよ」と言った。「いや、理由とかは、わたしらには……」。

きっと、七五屋の喜助がつくる青柳の蓼酢は、恐ろしいほど旨いのだろう。

けれど、おとといの青柳の蓼酢には、けっしてかなわない。

見抜く者

季節は秋に入ったとはいえ、まだ八月も十三日で、木刀を振るって小半刻《こはんとき》もすると容赦なく汗が目に入る。

徒目付《かちめつけ》、片岡直人の上司の芳賀源一郎《はがげんいちろう》が道場主を務める、深川の富川町《とみかわちょう》は五間堀《ごけんぼり》に近い錬制館《れんせいかん》である。

錬制館は開祖である石森千蔭《いしもりちかげ》がいまから四十年ほど前の明和《めいわ》の頃に一代で築いた念流《ねんりゅう》の道場だが、そのどこにもない流儀によってみるみる重きをなしていった。近年においても、幾名もの俊傑《しゅんけつ》が輩出している。

なかでも筆頭と目されているのが芳賀源一郎であり、この文化七年の春、千蔭が跡継ぎを得ないままに急逝《きゅうせい》すると、徒目付組頭を補佐する加番《かばん》に在職のまま、高弟一同から道場主に推挙された。錬制館の差配そのものは千蔭の縁者がやっており、源一郎は承知で大看板の役割を担《にな》っている。それほどに、石森念流の練達としての、芳賀源一郎の名は大きいということだ。

「どうした、片岡。もっと、しっかり押し返さんか」

木刀の制《せい》で、ずいずいと直人を押し込みながら、源一郎が言う。剣は鍔元《つばもと》から剣尖《けんせん》まで防《ぼう》、制《せい》、殺《さつ》の三つの部位に分けられる。防で守り、制で相手を御《ぎょ》し、そして殺で斬る。

「もう、息が上がっているではないか。稽古が足らんな」

稽古が足らないのは、言われるとおりだ。すべての幕臣の非違《ひい》を弾正《だんじょう》する目付の耳《じ》目《もく》となって、徒目付は動く。おのずと、顔を出さぬ処《ところ》はなく、手を付けぬ御用はない。徒目付は最も御用繁多《はんた》な幕吏であり、無理やり躰《からだ》をこじ開けない限り、錬制館へ通うのは難しい。それは、加番の御役目をもきっちりと務める道場主である源一郎とて変わることはなく、稽古着姿を見る機会はけっして多くないのだが、徒目付が木刀を手にするときは極力付き合ってくれる。そして盛大に、直人らの息を上がらせてくれる。

念流は受けに受け、凌《しの》ぎに凌ぐ守りの流派だ。しかし、錬制館の石森念流に限っては、その守りが同時に攻めにもなる。同じ念流の系譜に連なる馬庭《まにわ》念流が米糊付《そくいづ》けと呼んでいるように、念流の受けは相手の剣を糊《のり》で絡《から》め取るようにして粘り抜くのだが、石森念流では粘りつつ、相手を右へ左へ自在に踊らせる。なんとか倒されまいと柄《つか》にしがみつくうちに、相手は握る力を吸い尽くされ、気づくと、みずから剣を放しているのである。

石森念流がしばしば〝殺要《い》らず〟と形容されるのも、剣の殺の部位を用いずに、防と制だけで相手に打ち勝つからだ。源一郎はその殺要らずの権化《ごんげ》であり、直人の息など、いともたやすく上がらせる。背丈は五尺八寸の直人よりもさらに頭ひとつ大きく、肩幅も広く、ひと目で常人と見分けがつく押出しをしているが、木刀を交《まじ》えたとき、その重質感に圧倒されるのは体軀《たいく》のゆえではない。からくりのように緻密《ちみつ》な、防と制の扱いの妙にある。石森念流は斬らずに相手を制圧する剣である。

「ひと息入れるか」

源一郎が声をかけて木刀を下ろす。石森念流では、竹刀《しない》は使わない。軽く、丸く、刃筋《はすじ》が消えてしまう竹刀では、防と制を活かす殺要《い》らずの稽古にならない。

「動いて躰がこなれるのはよいが、疲れて動きが雑になってはならん。その見極めが肝腎《かんじん》だ。息を整えているあいだに、組頭の稽古をよおく見ておけ」

傍《かたわ》らで若手相手に木刀を合わせている徒目付組頭の内藤雅之のほうに目をやって、源一郎はつづけた。

「つぶさに見れば、刃筋のひとつひとつの動きに、念流の理合《りあい》があるのが分かる」

そう言うと、源一郎は他の門弟の指導に回った。壁際《かべぎわ》に控えて、直人は雅之の稽古を目で追う。五尺六寸の中背の雅之が、源一郎と変わらぬ長身の若者を、刃筋を蠢《うごめ》かせるだけで意のままに踊らせている。見事なものだ。徒目付は銘々、時間をつくって通うので、雅之とも錬制館で一緒になることは数えるほどしかないのだが、たまに稽古を認めたときはきまって、その剣捌《さば》きに感嘆させられる。

あくまで御勤めのための稽古という筋を通して、段位を得ようとしないため、巷間《こうかん》に知られることはないが、雅之の力は高弟たちに肉薄する。さほど稽古熱心とは思えぬのに、いつもは釣りと喰い物の話しかせぬのに、どうしてこれほどに腕が上がるのだろう。その涼しい顔を見るにつけ、どうにも間尺《ましゃく》に合わぬななどと思っていると、相手と分かれて立礼《りつれい》をした雅之の顔がこっちを向いた。

「なにをお茶挽《ひ》いてる！　片岡」

いま腰を下ろしたばかりだ、などとは言わせぬ声の色だ。ふだんとちがって、目もまったく笑っていない。

やたら喰い物にうるさくて、冗談めかした物言いしかしない、いつもの雅之の口癖は〝人間、旨《うま》いものを喰えば自然と笑顔になる〟だが、稽古着を身に着けたときに限っては、〝道場で歯を見せれば怪我をする〟というしごく真っ当な文句に変わる。

「空いているなら、さっさと俺の相手をしねえかい」

もとより、望むところだ。もう、ひと月近くも前になるだろうか、久々に一緒になった稽古で雅之と木刀を合わせたとき、防から制に刃筋を移す際《きわ》の、手の内の力加減に感じるところがあった。

源一郎に稽古をつけてもらうときではなく、雅之との手合わせのときに手がかりを得たのは、雅之ならば多少なりとも技倆《ぎりょう》の差が狭まるからなのだろうか。あるいは、剣での交わりにも、人との縁の濃い薄いが関わってくるのだろうか……。ともあれ、あの力加減をなんとしてもたしかめたい。

「では、まいります」

脇に置いた木刀に左の手をかけて立ち上がり、構えをとったとき、ふと、自分も変われば変わるものだと、直人は思った。

かつて自分は、なんとかして道場から遠ざかろうとしていた。

なのに、いまでは知らずに稽古に身が入っている。

万にひとつ、剣を抜く事態に遭遇したら、なんとしても殺を使うことなく制圧しなければならぬと覚悟しているし、そして、それが、監察を担う徒目付の剣だと信じている。

自分はまるで、根っからの徒目付のようだ。

目付筋は番方か役方かといえば、役方に入る。武官ではなく文官である。とはいえ、果たすべき責務は、御公儀のすべての御勤めの監察であり、その要《かなめ》である御目付は、江戸城の城中において腰に大小を差すことのできる唯一《ゆいいつ》の御役目である。御老中といえども、御城で本差《ほんざし》を差すことはかなわない。宿直《とのい》で城中見廻りに当たる当番目付のみが、大小二口《ふり》を帯び、徒目付を従えて城中を巡る。もとより、変事があれば直ちに剣をもって制圧すべく構えを整えており、役方といえども武術の心得は必《ひっ》須《す》である。捉《とら》えようによっては、番方以上の番方とも言え、おのずと直人も雅之も、少なくて月に三日は木刀を握って汗を絞っていた。

とはいえ、三年前、二十五にして小普請世話役《こぶしんせわやく》から宿願の徒目付に移ったときは、その稽古が疎《うと》ましかった。正しく言えば、道場の床板を踏んで木刀を握ると勝手に気持ちが昂《たかぶ》ってしまう、武張《ぶば》った己を認めがたかった。直人にとって、御目見以下《おめみえいか》の徒目付は踏み台にすぎず、一刻も早くそこを抜けて、御目見以上《おめみえいじょう》の御役目である勘定所の勘定に身上《みあ》がらなければならなかったからである。手に取るべきは木刀ではなく、算盤《そろばん》でなければならなかった。

いまや監察と財政は、御公儀の二本柱である。幕府の編成は、戦国の世が終焉《しゅうえん》して二百余年が経《た》ったいまもなお軍団のままであり、変わらぬ戦時体制で、変わりつづける行政を担っている。軍団が行政を司《つかさど》る危うさの露呈を、先延ばしにしているのが監察と財政、つまりは目付筋と勘定所だ。この二つの役所に限っては、粒揃《つぶぞろ》いでなければ途端に立ちゆかなくなる。おのずと人の行き来は多く、直人はその行き来する一人になろうとしている。己の栄達に、焦《こ》がれているのではない。当主として、片岡の家を旗本の家筋にせんがためだ。

そういう直人の覚悟を、盛大に揺さぶってくれているのが、目の前の内藤雅之である。最も御用繁多な幕臣である徒目付は、最も鍛えられた幕臣でもある。おのずと身分を越えて頼りにされ、表《おもて》の御用とは別枠の頼まれ御用が持ち込まれる。その御用を初めて直人に振ってきたのが雅之で、声をかけられたときは迷惑どころではなく、敵意さえ覚えた。

にもかかわらず、結局、断わりつづけることができなかったのは、詰まるところ、雅之という男を否定し切れなかったからだ。ひたすら勘定を目指す直人にとって雅之は邪魔者であり敵であり、つまりは否定しなければならない存在だった。あるいは、否定できなければならない存在だった。正しいのは自分で、誤っているのが雅之でなければならなかった。なのに、どこをどうやっても雅之の誤りの確証を持てず、それがなぜなのかを知りたくて頼まれ御用を請けた。それからは、おおよそ半年置きに務めて、都合五度を数える。

実際に向き合ってみれば、頼まれ御用は表の御用とはまったくちがった。直人が頼まれ御用で求められたのは、なぜその事件が起きねばならなかったのかを解き明かすことだった。評定所にしても、御番所にしても、罪科を定め、刑罰を執行するための要件に、なぜは入っていない。手続きを前へ進めるための要件は自白のみだ。けれど、仕法はそうであったとしても、たとえば肉親を事件で失った者であれば、最も知りたいのは命を落とさねばならなかった理由であろう。なぜ、命を奪われなければならなかったのか、であろう。だから、頼む者がいて、頼まれる者がいる。

おのずと、直人がやるべきは、事件を調べ直すことではなかった。すでに、科人《とがにん》は罪を認めており、刑の執行まで時の猶予《ゆうよ》はない。そのわずかに許された時間のなかで、科人の口からなぜを引き出すのが頼まれる者の務めであり、そのためには的《まと》を外さぬ仮説を、できうる限り速やかに立てなければならなかった。腹はあの世まで持っていこうと思い詰めている科人にしても、どこかに、すべてを明かそうとする栓《せん》は用意している。見抜かれることで、一気に栓が外れ、その口からなぜがほとばしる。あるいは彼らとて、見抜く者を待っているのやもしれない。

その見抜く者となるためには、しかし、人の気持ちの奥底に深く分け入らなければならず、御用を重ねるほどに、頑《かたくな》に拒んでいた頃の己の偏狭《へんきょう》さを思い知らされた。この世を見切ったつもりでいた自分が、実は人というものをなにひとつ知らなかったことを突きつけられて、そうと見えてしまえば、このまま知らずに済ませるわけにはいかなかった。それでも、同時に、片岡の当主としての自分の務めもけっして忘れずにいて、そこはなんとか距離を保つことができるつもりでいたのだが……いま自分は、無縁の場処となるはずだった錬制館で、誰に強《し》いられたわけではなく木刀を握っている。防と制のみで制圧する剣の、手の内の手がかりを摑《つか》もうとしている。あの力加減を、押し手と引き手の妙を、なんとしても躰に入れたい。

けれど、真顔《まがお》の雅之だけを稽古相手に、それから一刻もつづけても、躰に力加減は入ってこなかった。押し手が分かれば、引き手が分からず、右の親指が分かれば、左の小指が分からない。高窓から入っていた横殴りの陽《ひ》がさらに傾いて、道場が急に薄《うす》藍《あい》がかった頃、雅之が不意に構えを解いて、見透かしたように言った。

「そんなにあっさりとはいくめえよ」

藪《やぶ》から棒だったのに、雅之が、手の内の力加減を言っていることがはっきりと分かった。

「これっぽっちの稽古で、そいつがものになっちまうほど、殺要らずは薄っぺらかあねえだろう」

そして、いつもの人好きのする笑みを浮かべてつづけた。

「そろそろ切り上げて、二日ばっかし早《はえ》えが芋名月《いもめいげつ》にするかい。小名木川《おなぎがわ》の川風が届く富川町にいて、月見もしねえで帰るわけにはいくめえ《けえ》」

ほど近くに、江戸でも指折りの月見の名所として知られる小名木川五本松《ごほんまつ》がある。きっと雅之はそこへ足を向けるつもりなのだろう、と直人は思った。この二年ほどで、ずいぶんと近しくはなっているが、月見を共にするのは初めてだった。

けれど、雅之は大横川《おおよこがわ》を猿江橋《さるえばし》で渡って、小名木川沿いを東に下り、猿江町《さるえちょう》の五本松に差しかかりはしたものの、そこで足を止めることはなかった。向かったのは亀戸《かめいど》村《むら》の羅漢寺《らかんじ》で、思わず直人はほっとした。小名木川を挟んで、名所の五本松の対岸に目に入るのは、洲崎十万坪《すざきじゅうまんつぼ》だったからである。

いまから十九年前の寛政三年、直人が九歳のとき、新田《しんでん》だったそこを未曾有《みぞう》の高潮が襲った。潮が引いたときには三百戸を越える百姓家が掻《か》き消えていて、以降、幕府は一帯の土地を収用して、人が住むのを禁じている。その謂《い》われを知らぬ者なら、延々と広がる手付かずの荒れ野を目にして、野趣《やしゅ》と見ることもできようが、九歳の直人が暮らしていたのは本所の吉田町《よしだちょう》だった。高潮に呑まれることこそなかったものの、本所深川とひと括《くく》りで呼ばれる地下《じげ》の土地であり、その日、九月四日の大風雨の凄《すさ》まじさはいまもはっきりと躰が覚えている。供養《くよう》の訪問ならともかく、少なくともそこに腰を据えて杯《さかずき》を傾け、月を愛《め》でる気にはなれない。

あるいは雅之も、それを慮《おもんぱか》っての羅漢寺かとも想ったが、寺よりもけっこう手前の農家の庭先に仮組みされた茶店の床机《しょうぎ》に腰を下ろした雅之は、行き着けの神田多町《たちょう》の居酒屋、七五屋で箸を動かすときとおんなじ顔つきで、ここの里芋がいいんだよ、と言った。

「みいんな、里芋なんてどれも変わらねえと思ってるだろうがな……」

深川も小名木川を離れて羅漢寺辺りまで来ると、もう一面の畑地で、月見の季節になると、その地で里芋を育てる農家が茶店を出す。月見に供える喰い物といえば、栗、柿もあるが、まずは里芋だ。中秋の月見は、里芋の収穫を祝う祭りでもあった。

「農家一軒、一軒、種芋の育て方がちがう。とりわけ、この子芋のほうを喰う土垂《どたれ》ってえ里芋は差が大きい。当然、味もまったくちがうわけだが、ここんちの土垂はとびっきりよ。今夜は土垂だけで月見酒だ。月見にあれこれ喰い散らかして、舌を汚しちゃあいけねえや」

よしんば、慮って小名木川五本松を避けたとしても、それを素直に口にする雅之ではない。しかし、二日前とはいえ月見の今夜、生ぐさはなしで、口に入れるのは里芋だけと聞けば、ただの酔狂で羅漢寺まで足を延ばしたとは思えず、この上司はほんとうに困ったものだと、あらためて直人は思った。これだから、勘定所がだんだん遠くなる。

「たしかに味わいが深いですな。なまやさしいちがいではない」

まだ湯気を上げている里芋をつるりと剝《む》いて、口に入れた芳賀源一郎が言った。雅之と直人が稽古を終えて退出を告げると、すかさず源一郎は同行を申し出た。

「おっ、うれしいねえ」

猪口《ちょこ》を傾けてから、雅之はつづけた。

「三人で月見なんざ、これっきしかもしんねえから、よけいにうめえってもんだが、しかし、芳賀、錬制館の道場主につきあわせちまってよかったのかい。まだ、諸々《もろもろ》あったんじゃあねえのか」

「よいのです。それがしはつなぎですから」

くすみのない笑顔で、源一郎は答えた。その夜はあいにく月に雲のかかる無月《むげつ》だったが、それがために逆に空全体がぼんやりと明るく、目がその明るさに馴《な》れれば、蠟《ろう》燭《そく》一本も要《い》らぬほどだ。

「しかるべき石森の縁の者が道場主に収まるまでのつなぎと分かっているから、引き受けたのです。つなぎはつなぎらしくしていないと、要らぬ誤解を招く。それがしはあくまで、徒目付加番です。道場主になる気はまったくありません」

「芳賀らしいな」

ひとつ目の里芋に手を延ばして、雅之は言った。

「それに……」

笑みを消して、源一郎はつづけた。

「それがしは、錬制館の道場主としての技倆が備わっておりません」

「おいおい」

里芋をつまんだ手を止めて、雅之が言う。

「つなぎに徹するという言い分は分かったが、技倆が備わってないってのは謙遜《けんそん》のしすぎってもんだろう。下手《へた》すりゃ嫌みだぜ。芳賀源一郎の技倆が足らなかったら、いったい誰なら足りてるってことになるんだ。誰もいねえじゃねえか」

「それがしはお一人、存じております」

真顔は変えずに、源一郎は言った。

「ほお。聞きてえもんだな」

雅之は源一郎に目をやって、そう言ってから里芋を口に入れた。すでに芋を頰張って、たしかに芋と酒だけで十分だと深く合点していた直人も、源一郎の唇に気を集めた。芳賀源一郎を上回る遣《つか》い手《て》とは、いったい何者なのだろう。直人は錬制館の高弟たちの顔を、順に想い浮かべようとした。

「組頭です」

けれど、まだ一人目の顔も浮かべぬうちに、源一郎はすっと答えた。一瞬、源一郎がなにを言っているのか分からなかった。

「あん？」

雅之も眉《まゆ》を寄せる。

「いま、なんてった？」

「ですから組頭です。内藤様です」

「芳賀……」

雅之は顔を戻して猪口を干し、酒で芋を腹に送ってから言った。

「いきなり酒が回ったかい」

「それがしはまだ呑んでおりません。芋だけです」

「ならば、聞かせてもらおうか」

目の端《はし》に笑みを残して、雅之はつづけた。

「芳賀と俺との技倆のちがいは明らかだ。なのに、どうしてそういう話になるのか、言ってみてくれ」

「されば……」

源一郎も猪口に手を延ばし、一気に空けてから言った。

「石森念流は殺を用いずに相手を制圧する剣です。それがしは、この流派こそ徒目付が修めるべき剣であると信じて、精進してまいりました」

知らずに、直人は大きく頷《うなず》いた。想いはまったく同じだった。殺を使わない、防と制のみの石森念流だからこそ身が入った。常々、これも出会いだったのだろうと思っている。直人は徒目付になってから諸々、困ったものと出会ってきた。

「即《すなわ》ち、石森念流は一刀流などの芸術の剣とは異なります。身上書きを飾る剣ではありません。現実に、相手を制圧してこその石森念流なのです。木刀でいかに技倆を上げても、実戦で遣えなければなんの意味もないということです」

「道理だ」

ゆっくりとうなずきつつ雅之は言った。

「しかるに、それがしは実戦で技を用いたことがありません。幸か不幸か、生を受けてこの三十五年、一度として本身《ほんみ》で立ち合っておらない。それがしの石森念流はあくまで木刀の剣であって、現実に本身を用いて防と制のみで制圧できるかは、まったく分からないのです」

「それは、経験ってことだろう。戦の絶えた今日、実戦を知らねえのは芳賀だけじゃねえ。槍働きの時代が終わって、もう二百年から経ってるんだ。武家のすべてが、本身での立ち合いを知らねえって言い切ったっていい。それを語り出したら、誰も道場主なんて務まらねえことになっちまう。芳賀が言ってるのは、技倆とは別の話じゃねえか」

「いえ、そうではありません」

源一郎は譲らなかった。

「石森念流は防と制の刃筋の動きの妙で相手の剣を絡め取ります。つまりは、刃筋の剣なのです。だからこそ、丸い竹刀を遠ざけているわけですが、しかし、木刀とて本身の刃筋とは似ても似つきません。竹刀よりはマシくらいのもので、本来ならば、本身の刃を落とした刃引刀《はびきとう》を稽古に用いるべきなのです。とはいえ、錬制館に通うのは徒目付だけではありません。門弟のあらかたは実戦を考えずともよい者たちで、刃引刀は危うすぎます。門弟の数を確保して、道場を潰《つぶ》さぬようにするためには、竹刀を用いないだけで精一杯だったのでしょう。しかし、それがために、木刀の稽古で積み上げた技が、実戦ではまったく役に立たない怖《おそ》れも積み上がった。それがしはたしかに木刀では練達かもしれませんが、いざ本身を合わせてみれば、ただの付け焼き刃かもしれんのです」

「だからさ」

雅之は含めるように言葉を挟んだ。

「繰り返しになるが、それは芳賀だけじゃねえ。みんな、そうなんだ。本身での立ち合いなんて、今日日《きょうび》、誰も知らねえんだ。だとしたら、木刀の稽古でいっとう強え者《つえもん》が、上に立って指導するしかねえじゃねえか。つまりは石森念流なら、芳賀しかいねえんだよ。世間だって、みんなそう思ってるぜ。芳賀源一郎しかいねえってな」

「お言葉を返すようですが」

即座に、源一郎は言った。徒目付加番としての源一郎の評判は、万事きっちりとして手堅いという見方がもっぱらだった。その分、応用は利《き》かず、いまひとつ喰い足らないという声もなくはなかったが、雅之は、きっちりとしていてこそ芳賀源一郎と言っている。

「本身での立ち合いを誰も知らない、というのは誤りかと存じます。いまから六年前になりますが、それがしが組頭にお伴して、四谷のさる寺の御入用普請《ごいりようぶしん》の吟味に臨んだ帰途、一人の狼藉者《ろうぜきもの》が組頭の不意を襲って斬りかかってきたことがございました。ご記憶でしょうか」

「ああ、そうだったな」

無月の宵ではあるが、一瞬、雅之の顔が曇ったような気がした。

「あのとき組頭は、まさに防と制だけでそやつを制圧されました。紛れもなく本身を用いたにもかかわらず、露ほども平常心を失わず、まるで道場で稽古をつけるように想うがままに踊らせた。そやつの剣が、あたかも冬の枝から落ちる枯れ葉のごとく、力なく地に転がった様《さま》はいまも目に鮮やかです。それがしが錬制館での稽古に本腰を入れたのはあれからでした。それがしも組頭のように、息も荒げずに本身で相手を制圧したいと欲しました」

「いまの芳賀があの場に立っていたら、もっと簡単に確保していただろうぜ」

「それがしには、そういう絵は描けません。いくら稽古を積んでも、自分があのときの組頭のように制圧できるとは思えんのです。むろん、肝の据わり方のちがいもあるでしょう。しかし、それ以上に、技倆の差が大きいとそれがしは捉えております。木刀の技倆はともあれ、本身の刃筋を使った技倆では、明らかに組頭がそれがしを凌駕《りょうが》している。精進を重ねても、その差はまったく縮まっておりません。ゆえに、それがしが最も怖れるのは、実戦で殺を使ってしまうことです。防と制のみで相手を御し切れず、狼狽《うろた》えた揚句に殺《あや》めてしまう。そうなればもう、石森念流ではありません。実戦で殺を使わずに制圧するという、その一点で道場主を選ぶとすれば、それがしではなく、組頭こそふさわしいと存じております」

源一郎の語りを聞き届けると、雅之はふーと大きく息をついてから言った。

「ありゃあ、向こうがいかにも未熟だったんだよ」

どうということもない風だった。

「剣は相手しだいだ。だから、六年前の芳賀にはそう見えただけのことさ」

そしてまた、含めるような調子に戻してつづけた。

「芳賀、いまのおめえは強《つえ》えよ。とてつもなく強え。それを信じることだ。信じれば、切羽詰まって筋《すじ》が居着《いつ》くこともなく、相手を殺めずに済ますことができる。おめえは誰よりも強え。本身でも強え。そいつを信じろ。それがおめえと、そして相手を生かす路《みち》だ。それからな……」

猪口で喉《のど》を湿らせてから、雅之は言葉を足した。

「その六年前の事件に絡んで、片岡に言っておきたいことがある。心して聞いてくれ」

話の流れから、自分にお鉢が回ってくるとは、まったく予期しておらず、直人はすくなからず慌《あわ》てた。

「実あ、俺が襲われたのは、あんときだけじゃねえんだ」

思わず直人は、前のめりになった。

「俺だけじゃねえ。長く徒目付をやってりゃあ、誰でも一度や二度はそういう目に遭っている」

月は相変わらず雲のなかだった。時折、抜けるかにも見えるのだが、結局、縁《へり》さえも覗《のぞ》かせない。

「芳賀がこれまで襲撃と無縁だったのは、このいかにも立派な押出しと、剣名のゆえってことになるんだろう。芳賀源一郎の名前はもう出仕した頃からでかかった。ちっとでもまともな了見が残ってたら、誰も芳賀を襲おうなんてしやしねえ」

けれど、月は見えずとも、その光は雲の背中を照らして、透かし具合がえもいわれぬ紋様を描き出している。

「むろん、そんなことさえ分からなくなっちまうほど毒を煮詰めた輩《やから》だっていただろう。ひょっとしたら、幾度かは企てたのかもしれねえ。どっこい、本物の練達が放つ威圧感は半端《はんぱ》じゃあねえ。とち狂った頭にもそいつはぎしぎしと伝わって、いざとなったら抜くこともできずに引き返したんだろう」

たしかに源一郎ならば、闘わずに退けることができるにちがいないと、直人も思った。

「だから、これからもおそらく、芳賀に立ち向かおうとする奴《やつ》は現われねえかもしれねえが、片岡は今年で四年だ。そろそろ、用心しておかなきゃなんねえ。その頃が、どうにも気色《きしょく》がわりい」

「どういうことでしょう」

雅之が襲撃の危険を言っているのはたしかめるまでもなかった。そろそろ、というのも、なんとなくは理解できた。が、直人は、はっきりと、徒目付が襲撃されなければならない理由を知りたかった。

「監察って御用はどうしたって恨みを買いやすい」

光る雲に目を預けて、雅之は言った。

「感謝される理由はいくつかしかねえが、恨まれる理由はいくらでもあるらしい。長く目付筋の御用をつづけて、一度二度の襲撃で済んでいるのは、むしろすくないくれえなのかもしんねえ。だから、その一度二度の理由ってのは、よほどのことと観《み》るのが道理ってもんだが、知ってみると、これがどうにも落ち着かねえ理由だ。なるほど、と言やあ、なるほどだろうし、そんなことで、と言やあ、そんなことでになる。いや、こういう持って回った物言いはいけねえな。芳賀、俺は芋をひとつ喰わせてもらうから、そのあいだに片岡に語ってやってくれ」

「はっ」

源一郎は律儀《りちぎ》に頭を下げると、直人に向き直って言った。

「要するに、人物調べだ」

「人物調べ……」

人物調べといってもいろいろあった。徒目付はことあるごとに、人物調べに当たった。寺社や橋の普請の御用ひとつをとっても、幾人かの担当奉行の候補について、事前に人品《じんぴん》と素行を洗い出す。御公儀のしかるべき御用に数倍する数の、人物調べをするのである。そういう周到さが、徒目付をいやが上にも繁忙にさせている。

「両番家筋《りょうばんけすじ》、のな」

ああ、と直人は思う。御当代様《ごとうだいさま》をお護《まも》りする五つの番方、即ち五番方のなかでも最も格式の高いのが、小姓組番《こしょうぐみばん》と書院番組《しょいんばんぐみ》の両番である。両番家筋とは、その両番に番入りすべく定められた家筋だ。当然、旗本であり、しかも、五千二百家余りの旗本のなかでも千五百家ほどに限られる。そして注意すべきは、この両番という上層の番方が、やがて上層の役方になっていくことだ。つまり、直人たちが仕える目付や、遠国《おんごく》奉行、勘定奉行、そして町奉行などの重職に上り詰めていく。重職への路は、すべての旗本に等しく開かれているわけではないのだ。登竜門を潜《くぐ》るのは、そのうちの両番家筋のみなのである。

「もとより、両番家筋にしても誰もが御重職を競う場に到達できるわけではない。もう、片岡もだいぶ人物調べをこなしたので分かっているとは思うが、大きく括れば、その路筋には四つの関門がある。初御目見《はつおめみえ》、番入り、そして役職に就き、布衣場《ほいば》に立つことだ。なぜ、布衣場に立たねばならないか分かるか」

「しかとは。かねてより、なにゆえ布衣場に立つという言い回しをするのか、気にかかっておりました」

武家が得る初めての官位が布衣であり、布衣に叙官されることを、武家のあいだでは布衣場に立つと言う。なんで、わざわざそういう言い方をするのかと思ってはいたが、雲の上のことでもあり、あえてたしかめようとはしなかった。

「布衣場に立たねば、見えないからだ」

「見えない……」

「御老中や御若年寄をはじめとする幕閣の皆様から見えない、ということだ。御重職の候補者が御旗本の家筋の数と同じだけ、つまり五千二百名もいたら、あまりに多すぎて一人一人は見えない。見えないから、選びようがない。で、見える数にするために、段階を踏んで絞ってゆく」

見えないものを、見えるようにしていく……。

「まずは、御当代様への初御目見だ。ま、これはよほどの落ち度がない限り、たいていは通る。初見《しょけん》がなって御家《おいえ》の存続が決まり、晴れて五千二百家余のなかの千五百家になる。次は、両番の番士になる番入りで、これで千五百名が千名になるが、まだまだ多い。本式に選《え》り抜かれるのは初の役職に就くときからで、千名は一気に二百名になる。そして、仕上げが布衣の叙官だ。布衣より上の役職はわずかに八十三で、この数ならば、御老中や御若年寄も一人一人の候補をつぶさに吟味できる。逆に言えば、この八十余名以外の旗本が、幕閣の目に止まることはない。布衣はけっして、官位を得ることに意味があるわけではないのだ。幕閣の目が注がれつづける八十余名の一人になることに意味がある。だから、選り抜かれる場に立つ、という意味で、布衣場に立つという言い方がされるようになったのだろう」

「俺たち徒目付は、その四つの関門のたびに人物調べに当たる」

里芋を喰い終えて、猪口を傾けていた雅之が話を継いだ。

「なにしろ関門なんだから、越えられねえ者《もん》が必ず出る。あらかたが通る初御目見にしたって、叶《かな》わない者が皆無ってわけじゃねえ。で、それぞれの関門で阻《はば》まれるたびに、人物調べのせいじゃねえかって考える者も必ず出てくる。きっと、悪く書かれてたんじゃないかってな。いったん疑り出すとどんどん煮詰まって、そのうち、わざとじゃねえかってことになり、狙われたんじゃねえかってことになり、それしかねえってことになり、揚句は、このまま捨て置いてなるものかってえことになる。むろん、たいがいはそう思うだけで、いずれ正気に戻ってくれるんだが、なかにはとうとう戻らねえ者だっているってわけさ」

光る雲は刻々と濃淡を変え、紋様を変える。それはそれで、月見である。

「奴らの気持ちも分からねえじゃあねえ。羨望《せんぼう》の眼差《まなざ》しで見られがちな両番家筋だが、千五百家の御家の跡継ぎにしてみれば、生まれついたときから出世して当り前と見なされてるってことだ。両肩にかかる重石《おもし》は半端じゃあねえだろう。早いうちから息の抜き方を覚えられりゃあいいが、そういう御家に限って息の抜き方ではなく、息の詰め方を覚えこまされる。きっと、こんな風に田舎家の床机に座って、芋を喰うこともできねえのかもしれねえ。そういう奴にとって、自分が期待に応《こた》えられなかったときの衝撃は尋常じゃあねえ」

そう言うと、雅之はまたひとつ里芋をつまんで口に入れた。直人も里芋に手を延ばして、雅之の話のつづきを待った。もう、腹は足りていたが、勝手に手が求めた。

「だから、おもしれえって言やあ語弊があるが……」

雅之の唇がまた動き出して、直人は芋を嚙《か》みつつも、耳に気を集める。

「門前払いをされて打ちのめされるのは、仕上げの布衣場に立てなかったときじゃあねえらしい。初めのほうの関門で止められるほど狼狽《ろうばい》するようだ。初見は通って当り前だし、番入りにしたって千五百家のうちの千家が通る。だからこそ、初見にはねられ、番入りできない五百家に回されでもしたら、もう、天と地がひっくり返る。狭き門なら、通れなくても、ま、しかたねえと己に言い訳もできようが、だだっ広い門で通せんぼされたら、もう、身の置き処がねえ。誰かのせいにして、犯人をこしらえでもしなきゃあ、てめえが壊れちまうってもんだ」

ふっと息をついてから、雅之はつづけた。

「実際、腹を切ろうかってとこまで追い込まれるんだろう。たとえ、そういうことになったとしたって、届け出は病死になるだろうから、表には出てこない。もしかしたら、襲撃と自裁《じさい》は一枚の葉の表裏《おもてうら》なのかもしんねえ。俺たちが襲われるのは、御勤めを通じて一度か二度だ。襲撃とおんなじ数だけ、自裁があってもおかしかねえだろう。それが証拠にというか、実あ、襲ってくるのは、門を通れなかった当人と決まってるわけじゃあねえんだ。数は少ねえが、その父親のことだってあるし、ごくごく稀《まれ》にだが、祖父のときすらある。おそらくは自裁した息子の、孫の、恨みを晴らすってことなのかもしれねえ」

話のなかほどから芋が喉を通りにくくなったが、直人はどうにか腹に送った。少しもたれるな、と感じたとたんに胃の腑《ふ》が強張《こわば》り出して、そして突然、ほんとうに突然、月の光に透かされる雲の見え方が変わった。それはそれで月見だなどと、眺める余裕は消え失せて、まるで、移ろいつづける光の濃淡の紋様が、知らずに湧《う》き上がった己の不安を映し出しているようだった。

雅之の終《しま》いの言葉を聴くまでは、自分を襲うかもしれない襲撃者は、あくまで襲撃者だった。選ばれた家筋の者ならではの苦労はあろうが、直人からしてみれば、それは当然、引き受けるべき務めと思えた。そう思えるだけの来《こ》し方《かた》が、直人にはあった。

直人の父の直十郎は小十人のあと小普請に回されて、直人は幕臣暮らしを無役から始めなければならなかった。十五のときから、まだとっぷりと暗い、登城前の権家《けんか》の屋敷に通い詰める逢対《あいたい》を重ね、ようやく小普請世話役の御役目にありついたのは二十二の秋だ。あの砂を嚙むような七年を、けっして忘れることはない。両番家筋の苦悩など、苦労知らずの贅沢《ぜいたく》と、即座に切り捨てられる時を重ねてきたはずだった。

けれど、雅之の言《げん》を聴くうちに、襲撃者は苦労知らずの枠から抜け出ていった。自分の少年時代は辛《つら》いものではあったが、しかし、腹を切ろうと思い詰めたりしたことは一度としてない。辛くはあっても、そういう辛さはなかった。しかし、襲撃者は、そこに現われなければ自裁していた者なのだった。あるいは、自裁した跡継ぎの父親であり、祖父なのだった。直人は、彼らの恨みの剣を受け切る自分を、想い浮かべることができなかった。自分はどうやって、刃筋を操《あやつ》ればよいのだろう……。

「先月七月初め、例年のとおり、両番の番入りがあった」

直人に正面から顔を向けて、雅之は言った。

「つまりは、今年も番入りできなかった者が出て、ひと月が経ったてえことだ」

そろそろ、だ。

「脅かすわけじゃねえが、けっして気は抜くな」

そして、すぐにつづけた。

「もしも、そうなったら、己を守ることだけを考えろ。おめえは芳賀源一郎じゃあねえ。くれぐれも、殺は使わず、とかは想うな」

そういうわけにはいかない。

いくら練達ではないからといって、殺を使うわけにはいかない。

たぶん、徒目付だから、だけではなく。

勘定所を目指していたとはいえ、腰に二口《ふり》を差している以上、死は常に躰のどこかにあった。

けれど、意識はいつも、よるべない半席の身分を脱して、片岡の家を真の旗本の家筋にすることでいっぱいに塞《ふさ》がっていて、己が、死とは切り離せぬ武家であることに気が行かなかった。

羅漢寺の宵は、その長く放り置いた部分を脈打たせて、再び刻み出した脈動は日を追うごとに大きくなった。

己が襲撃を受けて、命を落とすことを怖れているのか、それとも、襲撃者の命を奪うのを怖れているのかは分からなかった。おそらく、どちらでもあるのだろうと思った。死の脈動は、異なる二つの拍《はく》が重なり打って、どうにも妙な調子だった。

ともあれ、みずからも命を落とさず、襲撃者の命をも奪わないために、いま採りうる手立ては、殺要らずを磨くことくらいのものである。なにはともあれ、と己を追い立てて、錬制館に向かおうとするのだが、どうにも躰が言うことを聞かない。なぜか躰の深くに、そういうことではなかろうと囁《ささや》くものがあって、逆に、深川富川町は遠くなった。

そんな己の心の内に、科人のなぜを見抜く者として分け入ってみれば、そこには、まだ旗本を狙う前の少年の直人がいて、剣の技でどうこうしようとするのは筋を違《たが》えてはいないか、と言ってきた。技に頼る前に、心しておくことがあろう、と。それを思い出せ、と。きっと、父の直十郎の教えを言っているのだろうと、直人は思った。

直十郎は小十人の組士として勤めるあいだも儒学をつづけた人で、無役の小普請になってからは時折、幕臣の子弟の読書教師を頼まれていた。そういう父に、直人は幼い頃から、武家とは自裁できる者である、と諭《さと》されてきた。直十郎の学問によれば、自らを裁いて、自らに死を与えることのできる唯一の身分が、武家なのだった。

他の身分は、自裁する力が備わっていないために生に執着せざるをえない。生き抜く力に秀《ひい》でているのではなく、死ぬ力に欠けているのである。だから、いつでも自裁できる身分である武家が、裁きとしての死を与えてやる。武家が支配者の位置にあるのは自裁できるからであり、死罪とは、自ら死ぬことのできぬ者たちへの温情なのだった。

温情かどうかはともあれ、武家と死との関わりについては、よく伝わってきた。死を宿しつつ生きるのが武家なのだった。逆に言えば、武家の身分にあって、武家の暮らしをしていようと、死を内包していなければ武家ではない。

勘定所に上がって、旗本になるのだと心に決めてからずっと、直人は武家ではなく生きてきた。その長い忘却を省みることなく、あたふたと技での備えに精を出すのは、武家にもあるまじき卑《いや》しい振舞いではないかと、少年の直人は言っていたのである。

少年ではない直人は、卑しさもまた人の営《いとな》みではあろう、くらいには考え及ぶようになっていたが、この件に関しては、少年の己の意に従った。まだ旗本を狙う前のそいつは、死ぬにせよ死なすにせよ、武家にとって死に備えるのは常態であって、格別のことではなかろうと説いていた。

相手とて、武家であるならば常に死に備えているはずであって、つまりは、死を宿している者どうしの命のやり取りになる。下手な配慮は、相手を武家ではないと見なしていることになり、非礼ですらある。しごくもっとも、と、認めるしかなかった。

そのように特段、備えず、死の脈動と添っていこうと、腹を据えて町を歩いてみると、気構えというのは恐ろしいもので、ずいぶんと打つ拍が低くなった。

それでもまだ、仕立て下ろしの着物に袖《そで》を通したようなもので、十分に馴染《なじ》んだ心地からは遠い。そのそぐわなさを感じるうちに直人は、知己《ちき》のなかに、まさに板に付いている人物がいることに思い当たった。

これまではそんな風に見ていなかったどころか、むしろ、真っ当な武家からは遠く映っていたのだが、再び、死の脈動と添おうと努めてみると、すでに、その人物が、目指す気構えを体現していることに気づかざるをえなかったのである。

その人物……浪人の沢田源内と初めて口をきいたのは去年の六月で、下谷のそこかしこの路地沿いに朝顔の鉢が並ぶ頃だった。

当時、源内は下谷広小路の露店で偽《にせ》系図を商っていた。客が自分の姓を言ってから名門の家筋を指図すると、適当な家系図を選び、ちょこちょこと書き換えて寄こしてくるのである。沢田源内という名にしてからが本名ではない。百年よりもずっと前の、いんちき系図づくりの元祖の名で、その道では高名であるらしく、源内は、「まあ、剣術における宮本武蔵のようなものだ」と言っていた。

やくざな稼業《かぎょう》に染まれば、厚く澱《おり》が溜《た》まるのは避けられない。けれど、源内は常にひょうひょうとして笑みを絶やさず、どこかしら雅之に似ていた。そういう悪びれぬ源内に、直人はいつも助けられていた。酷《むご》い暑さにも、不意の雨にも変わることのない笑顔を認めると、どんな場処にも彼岸《ひがん》はあるのだと思えてきて、御用とまったく関わりのない言葉を交わしているうちに、汐《しお》が引くように疲れが薄れていくのだった。

語る中身はといえば、いつも浮き世離れしていて、その気で話し出すと、あらかたは分からなかった。偽系図がどう使われようと客の随意だ、と言う広小路の源内に、それでよいのかな、と問うたときには、笑みは切らさぬまま、系図だぞ、と答えた。

「ただの空《くう》だ。実《じつ》、はなにもない。使う者が実をこしらえる。それで、過不足なかろう」

二度目に出逢《であ》ったのは去年の十一月、七五屋のある神田多町の路上でだった。聞けば、ある比丘尼《びくに》の世話になっている代わりに、炊事、洗濯等、身の回りの一切の面倒を引き受けていると言うので、それは比丘尼のヒモということでよいのか、と問うた。

「それがしはヒモとはちがうと存じておるが……」

源内は言った。

「敢《あ》えて反駁《はんばく》する気はない。この世に真実はない。あるのは事実だけだ。偽系図商いで、学んだ。ヒモの真実はないが、ヒモの事実はあるということだ」

その分からなさが、逆に為《ため》になった。固まりがちな頭が白紙に近くなって、ぼんやりとしていたなにかが、輪郭を結んでいった。それが緒《いとぐち》になって、科人のなぜにたどり着いたことは三度を数える。

直人はそれがために、己の記憶に源内が深く残っているのだと思っていた。御用の役に立ったから、知らずに、目が源内の姿を追うのだろうと思っていた。自分は頼まれ御用の手がかりが欲しくて、源内とのつながりを保っていたいのだろう、と。しかし、いま、死の脈動と添って町を行ってみれば、そうではないことがだんだんと分かってくる。

神田多町での源内は、そのときも飄然《ひょうぜん》と、直人に己の比丘尼を勧めた。

「寄っていくか。紹介する。多町一の比丘尼だ」

「いや、これから向かわなければならん処がある」

事実ではあったが、逃げもした。

「惜しいな。これで、お主は女で人生棒に振る、希有《けう》な機会を逸した」

「俺にそんな甲斐性《かいしょう》はない」

「己をみくびるな。お主とて、相手さえ得れば、立派に転がり落ちることができる」

あのときは直人のほうから話を切り替えて、そっちの新たな話が、科人のなぜの解明に結びついた。けれど、直人はその話をするあいだも頭のどこかでずっと、源内の比丘尼の話を考えつづけていた。

十五から脇目も振らずに旗本を目指してきた自分がほんとうに、相手さえ得れば、立派に転がり落ちることができる、のかと。女で人生棒に振る、ことができるのかと。直人には、道を踏み外すことのできる自分を想像することすら新鮮だった。

ふだんの直人なら、そんな台詞《せりふ》など歯牙《しが》にもかけなかったはずだ。なのに、気持ちが揺れた理由は、ひとつしかなかった。それを語ったのが、沢田源内だったからである。

とはいえ、そのときは、なぜ、源内の言葉ならば、胸の内に分け入ってくるのかが分からなかった。

けれど、いまならば分かる。

死の脈動と添っていこうと覚悟したいまならば、なぜ、源内が言えば、聞けない言葉まで聞くことができたのかが分かる。

源内が死を呑んでいたからだ。

直人の知るどの武家よりも、死を宿しつつ生きていたからだ。

あのひょうひょうとした物言いも、すぐには意味の分からぬ話の中身も、そこから発していた。己の内の武家を放り置いていた直人だからこそ、どこでなにをしていようと武家でしかありえない源内に、どうしようもなく惹《ひ》き付けられたのだ。

羅漢寺の宵から五日が経った居待月《いまちづき》の十八日の夕、本丸表御殿中央にある徒目付の内所を退《ひ》いた直人は、柳原土手にある柳森稲荷近くの屋台へ足を向けた。この三月、源内と最後に出逢った場処だった。

その夕は、雅之から七五屋に誘われていた。「平鱸《ひらすずき》が入ったらしいぜ」。いつもの口ぶりで言った。「尾ビレの付け根が太《ふて》え他はまんま鱸だが、旨味と歯触りはもうまったくの別物《べつもん》だ。鱸といやあ洗いだが、平鱸なら刺身で喰える。めったに上がるもんじゃねえから、今日を逃したら、また、いつ口に入るか分からねえ」。けれど、その夕の直人には、七五屋よりも柳森稲荷だった。

いくつか並んだ床机を、煮売り屋やおでん屋の屋台が取り巻いている。五ヶ月前、そこで、源内は蕎麦屋《そばや》の屋台をやっていた。

「屋台をやっているということは、ヒモはやめたのか」

あの夜は、想いもかけぬ久々の邂逅《かいこう》で、声が弾んだ。

「ヒモは終わった。しかし、女とはいる」

「あの多町一の比丘尼殿か」

「そうだ。しかし、いまは町には出ていない。お主には申し訳ないが、もう、お主の相手をさせるわけにはいかなくなった」

蕎麦を茹《ゆ》でる手を休めずに、源内は言った。

「あの生業《なりわい》をつづけておれば、もとより常につつがなくというわけにはゆかぬ」

声はあくまで、淡々としていた。

「病も得るし、毒を煮詰めた者の相手にもなる。それを覚悟の身過ぎだ。いまは、それがしが、世話をさせてもらっている」

翌日、源内はなにも告げずに屋台を引き払った。前夜、柳森稲荷から神田多町へ戻ってみたら、もはや比丘尼の世話が要らなくなっていたのか、あるいは、己の呑んでいた死が破れたのか、それとも、その両方か……。

あの日から、ずっと抱えつづけている問いをひとまず置いて、直人は、煮売り屋に酒を頼んだ。

チロリを持って床机に座り、猪口を傾けながら、源内を待つ。満月を過ぎると、月はだんだんと出るのを渋る。居待月……座って待つ月、の名のように、空にはまだ月がない。屋台から洩《も》れる灯りだけの仄暗《ほのぐら》さのなかで、月と、源内を待った。ともあれ、今宵《こよい》ひと晩は、一人で、そうして待ちつづけるつもりだった。

死を宿しているということは、始末を宿しているということだった。呑んだ死は、どこかで始末しなければならない。齢《とし》は関わりない。二十歳のときもあれば、八十のときもあるだろう。それぞれが、それぞれに宿した死との交わりのなかで、ここと得心したときが始末のときになる。始末は死を含むが、死と同義ではない。どのように始末をつけるのかもまた、宿した死と相対するなかで定まってゆくのだろう。直人は、源内の振舞いのなかに、源内の始末を見たかった。あるいは、この五ヶ月の間に、すでにそれは済んでいるのかもしれぬが、とにかく、この宵は、待つことに決めていた。

二本目のチロリが空いた頃、右の側がわずかに欠けた月が上った。

まだまだ先は長いな、と思ったとき、人の走る音がかすかに伝わる。だんだんと大きくなり、騒がしいほどになって、そして、屋台の側《そば》で止まった。

むろん、まさか、と思った。それでも、期待はした。ゆっくりと顔を上げた。

源内、ではなかった。

「片岡様！」

この春、新たに徒目付に加わった、西島保《にしじまたもつ》が直人を認めて、耳に口を寄せてきた。

「組頭からです。至急、お戻りください」

さらに、声を潜めて、つづけた。

「加番の芳賀様が襲撃されました」

内所の徒目付組頭の部屋に直人が入ると、即座に、雅之は言った。襲撃の知らせは、

「襲われたのは、牛込《うしごめ》の榎町《えのきちょう》だ」

雅之が七五屋に足を向ける前に入ったらしい。

「萩見《はぎみ》で知られる大眼寺《だいげんじ》の山門修復の吟味に行った、その帰りだ」

あのあたりは御城にも近いのに、田と隣り合う。

「芳賀様は？」

「無事だ。傷ひとつねえ」

「そうですかっ」

誰でもない、芳賀源一郎だ。無傷を疑うことはなかったが、それでも、言葉でたしかめられて、ほっとした。

「傷ひとつねえが、たぶん、片岡の想っているような成り行きじゃあねえ」

すぐには、雅之の言っていることが分からなかった。自分の想っている成り行きなら、源一郎が殺要らずを駆使して、襲撃者を制圧した筋しかない。それがちがうということは、源一郎自身が危惧《きぐ》していたとおり、殺を用いたということか……。にわかに腹のあたりが重くなって、応える言葉が出てこない。もしも、そうならば源一郎は、けっして無傷ではない。斬らずに制圧できなかった己に、打ちのめされているはずだ。なまじの刀傷よりも、そっちのほうがよほど深手だろう。直人は唇を結んだまま、雅之の次の言葉を待った。

「危なかったらしいぜ」

部下を持つ者の翳《かげ》った顔で雅之は言い、やはり、と直人は思った。雅之にそう言わせるほど源一郎を追い詰めたとすれば、襲撃者は尋常ではない手練《てだれ》ということになる。さすがの源一郎も、防と制だけでは受け切れず、殺を用いざるをえなかった……。

「芳賀は一刀流と観たようだが、それこそ身上書きを飾る一刀流とは似ても似つかぬ太刀筋でな。凄《すさ》まじい打突の鋭さで、あの芳賀もたじたじだったそうだ」

その先を聞くのを、直人は怖れた。

「それでも、なんとか防と制で受けていたが、しだいに押し込まれて、さすがに、いざとなったら殺も使うことを覚悟したようだ。受けるうちに、逆に、源一郎のほうの手の内がおぼつかなくなったらしい。で、いよいよとなって、もはやこれまでと見切ったとき、急に打突が弱まってな。すぐに、相手の本差も地面に転がった」

「ならば……」

思わず拍子抜けして、直人は言った。

「まさに殺要らずではありませんか」

「それがそうじゃねえんだよ」

かすかに、直人は焦《じ》れる。

「そりゃあ、技も効いてただろうがな。本差が落ちたのは、相手が倒れたからだ」

「倒れた……？」

「ああ、自分から倒れた。病《やまい》だったのさ。心の臓らしい。なにしろ、相手ってのはなんと七十四だ」

「七十四⁉」

「俺も、芳賀から相手は七十歳見当と聴いたときは信じられなかった。あの芳賀源一郎をそこまで追い詰める年寄りがいるのかってな。報告を受けてすぐ、そういう手練がほんとうにいたか大番組《おおばんぐみ》に問い合わせた」

「大番組に？」

「当人が名乗ったんだよ。襲う前にな。元大番組番士の村田作之助《むらたさくのすけ》ってことだった。当人は襲撃じゃあなく立ち合いのつもりだったんだろう。名乗ると、立ち合い願いたい、とだけ言って、抜刀してきたそうだ」

「で、名乗りはほんとうだったのですか」

「ああ、ほんとうだった。たしかに、村田作之助は大番組にいた。幸いというか、村田を剣の師と仰いだ者が残っていて知れたんだが、知る人ぞ知る手練だったそうだ。一刀流系のなかでは実戦の流派として定評のある、梶原派一刀流の凄腕《すごうで》だったらしい。ただし、気骨があるというか、偏屈というか、段位には一切興味を示さなかった。で、名前が売れることはなく、知る人ぞ知るになったが、腕は、芳賀を追い詰めたとしてもまったく不思議はないってことだった」

　その点だけなら、まるで雅之ではないか、と直人は思った。大番は両番と同じく、御当代様をお護りする五番方のひとつだ。両番がいずれは役方の重職に移ることがあるのに対して、あらかたの大番はずっと大番にとどまる。いわば生粋《きっすい》の番方である。

雅之が徒目付としての剣を磨いているように、作之助は大番としての剣を鍛えてきたのだろう。直人は雅之が、気骨があるというか、偏屈というか、などと、他人事《ひとごと》のように語るのが少しおかしかった。

「で、その凄腕がなんで？　両番家筋ではありませんが、やはり、この前の話のように、人物調べの絡みなのでしょうか」

「そいつが分からねえ」

即座に、雅之は言った。

「十年ばかり前に跡を継いだのは三男の修蔵《しゅうぞう》だが、修蔵はこの春、まだ三十越えたばかりなのに、跡継ぎを得ないまま卒中で仏になった。作之助は子供運に恵まれなかったようで、惣領《そうりょう》も次男も、番入りする前に麻疹《はしか》と疱瘡《ほうそう》で逝《い》っている。その麻疹と疱瘡が実は表向きで、あの夜に語ったように自裁だったのかどうかは知る由《よし》もねえ。三人とも子をなす前に他界したから孫はいないわけで、人物調べと関わりあるとしたら、子の恨みを晴らそうとする父ってことになるんだろうが、さて、どうなのか……」

「そうだとしたら、もうずいぶんと前のことになりますね」

「ざっと二十年前ってとこだろう。その間、ずっと恨みを煮詰めていたってことになるわけだ。だいいち二十年前って言ったら、芳賀はまだ十五で元服済ませたばかりだぜ。五年前に亡《な》くなった芳賀の父親も目付筋だったから、人物調べ絡みだとしたら、父親への恨みを子に振り向けたってことになる。どうにも無理筋が臭《にお》うが、とはいえ、芳賀は村田とまったく面識がない。あれこれ引いていくと、やっぱし人物調べ絡みくらいしか残らねえ。あるいは、これから調べていきゃあ、跡を継いだ三男の修蔵にまつわるなんかが出るのかもしれねえがな。しかし、ま、いまんところは正直、分からねえってことだ。もう、承知しているとは思うが、わざわざ片岡を呼び戻したのは、そいつを解き明かしてほしいからだ。ただし、今回ばかりは、叶わなかったとしても仕方ねえ」

　ふっと息をついて、雅之はつづけた。

「分かっているのは、いま俺が語ったことくらいで、この上、調べる時間はねえ。なにしろ、心の臓の発作だ。動かすわけにはいかないから、村田は大眼寺に預かってもらっている。いまのところは小康を得ているようだが、いつなんどき急変しないとも限らねえ。こうしているあいだにも、事情が変わっているかもしれねえわけだ。だから、この足で大眼寺に躰運んで、見抜いてもらうっていう手筈《てはず》だ。訊《き》いても詮《せん》ないが、それでいいかい？」

「はっ」

少ない手がかりと、足らぬ時間のなかで科人のなぜを解明してこそ、見抜く者であることが、四度目の頼まれ御用の頃から、直人の内でくっきりとしてきた。手がかりの欠片《かけら》を拾い集めて組み直す営みにも増して、人の気持ちの奥底に深く分け入ることが重いのだと、いまは得心《とくしん》している。

「それから、これは表の御用だ。表の御用として、なぜを解明する。それもいいな」

「もとより」

望むところだ。

「二点だけ、伺いたいことが」

勝手に、考えが廻る。見抜く者となる。

「言ってくれ」

「まずは、村田作之助は名乗る前に、相手が芳賀様であることをたしかめたでしょうか」

「それは、たしかめた。目付筋の芳賀源一郎殿か、と訊いたそうだ」

「名乗ったあとに、発した言葉は、先ほど伺った、立ち合い願いたい、のみでしょうか」

「それも、そのとおりだ。他は一切、口にしなかった」

「分かりました」

直人は見抜きに入る。

小日向《こびなた》の大眼寺に着いたとき、作之助が訊き取りに耐えられる躰でいるのかどうかは分からなかった。心の臓の発作は、つづけて二度目が起きたら、あらかたは逝《ゆ》く。もしも、訊き取りができたとしても、長くは無理なのは明らかで、直人は立てた仮説をぶつけるのは一度きりと決めていた。

すでに、人物調べ絡み、という仮説がひとつある。だから、見抜く者としての直人が最初に取り組むべきは、この仮説を採るか採らぬかということだった。採れば、人物調べ絡みではなかったと分かった時点で、訊き取りは終わる。さて、どうするか……。

手がかりはないようで、ある。

作之助がそういう躰でありながら立ち合いに踏み切ったことじたいが、大きな手がかりと言ってよいだろう。

いかに〝気骨があり、偏屈〟であっても、目の前の明白な死にはたじろぐ。なのに、あの芳賀源一郎を追い込むほどに激しい打突を繰り返した。刀は重い。ずっしりと重い。その重い刀を、いつ心の臓が止まるか分からない七十四歳の躰で振るいつづけた。紛れもなく、死ぬ覚悟を固めていた、いや、端《はな》から死ぬつもりだった。さらに言えば、そこを死に場処と決めていた、と言ってもよいだろう。

立ち合う相手が芳賀源一郎だったことも手がかりだ。もしも、人物調べ絡みの仮説を採れば、源一郎は目付筋だからという理由のみで襲われたことになる。が、源一郎は徒目付加番であると同時に石森念流の練達であり、錬制館の道場主である。作之助がそっちの源一郎をも視野に入れていたとしたらどうだ。たしかに作之助は名乗る前に、目付筋の芳賀源一郎殿か、と訊いた。しかし、いちいち、目付筋で錬制館の道場主の芳賀源一郎殿か、とは問うまい。作之助は、目付筋であり、石森念流の練達でもある源一郎を、立ち合う相手として選んだこともありうる。

村田作之助が大番組の番士だったことも、そうだろう。番方のようでいて番方ではない両番とはちがって、大番組番士は番方のなかの番方だ。だから、番士としての格は、選《え》り抜かれた家筋である両番が上だが、番頭《ばんがしら》としての格は、大番頭が五番方の番頭のなかで最も高い。旗本のなかでも数千石の大身《たいしん》は、勘定奉行でも町奉行でもなく、武家として最も栄誉ある大番頭の席を望む。ただし、それは、この役方の時代にあって、大番頭がもはや名誉職と化していることを表わしてもいるのだが、〝気骨があり偏屈〞な作之助は、いまもなお大番組番士であることに、大いなる誇りを持っていた。梶原派一刀流の凄腕だったにもかかわらず段位を求めなかったところに、大番という御役目への忠誠が見てとれる。今回の事件に、その誇りと忠誠が関わっていないか……。

そして、その剣だ。作之助は強い。強過ぎる。七十四歳であるにもかかわらず、もしも、病で倒れなければ、あの芳賀源一郎に殺を使わせていた。その桁《けた》外れの強さは、人物調べ絡みという筋にどうにも馴染みにくい。据わりがわるい。

直人は御城を牛込御門《うしごめごもん》であとにし、神楽坂《かぐらざか》を上って通寺町《とおりてらまち》へ抜ける。路々《みちみち》、沢田源内に、どう想う？　と問う。

お主ならどう観る。

死の脈動と添って長いお主なら、どういう景色が見える。

大眼寺に着いたときはだいぶ夜も更《ふ》けていたが、村田作之助は伏せってはいたものの瞼《まぶた》は開けていた。

直人は枕元《まくらもと》に座って、御役目と名を名乗る。作之助の瞳《ひとみ》は天井に向かって動かない。

直人は大きく息を吸って、ゆっくりと吐く。そして、七十四年の時を重ねた顔に目を預ける。かすかな笑みが洩れてしまいかねないほどに、〝気骨があって、偏屈〟そのものの瞳だ。その瞳をかっと見開いて、大番組番士を張ってきたのだろう。もはや番方は行列の飾りとも見なされかねない時代に、ひたすら実戦の剣を磨き、誰よりも番方であろうとしつづけてきたのだろう。

直人は結んでいた唇を緩め、ゆっくりと動かした。

「始末、ですか」

なにも返ってくるものがなかったら、そのまま退出するつもりだった。やはり見抜けなかったと言って、雅之に詫《わ》びるつもりだった。時代の波に精一杯抗《あらが》い、真の武家であろうともがきつづけてきたのだ。なぜを明らかにするために、最期を早めることもなかろう。躰の力を抜き、しばし待ったが、瞳は動かない。直人は、膝に力を送って、立ち上がろうとした。

「そのとおりです」

作之助が言葉を発したのは、そのときだった。言葉は、次々と出てきた。直人が止めても、出てきた。

心の臓がいかにも弱って、もはや、残された時がないことを突きつけられる日々でした。来し方を振り返り、諸々思うことがありましたが、武家として、どうしても得心がゆかぬのは、この躰に棲《す》まわせている剣を、無駄に死なせてしまうことでした。栄《は》えある大番の御役目を全うするために、それがしは全霊を傾けて梶原派一刀流を修めました。それがしの躰の筋も肉も、剣技に捧《ささ》げております。しかしながら、その技を、筋を、肉を、それがしは一度たりとも用いたことがありません。このまま、己の老いの道連れにするのはどうにも忍びない。剣技に申し訳が立たない。それがしは最期を迎える前にただ一度、剣技を解き放ってやろうと決意したのです。この春、ただ一人残った息子を失って、枷《かせ》もなくなっておりました。

とはいえ、いったい誰に向かって剣を振るえばよいのか、それがしは行き詰まりました。誰ならば斬ることができるのか、今日まで歩んできた路筋に現れた者たちを一人一人思い出して吟味を重ねましたが、斬ってよい相手などおるはずもありません。考えるほどに、誰もいなくなるのです。かろうじて、あの者ならば、という相手に限って、なにしろ己がこの齢《よわい》ですので、すでに相手も他界しております。吟味の末に分かったのは、少なくとも己が狂ってはいないということのみでした。相手を選ばぬ辻《つじ》斬りにはなっていないと知れて、妙な安堵《あんど》を得たものです。

しかしながら、誰もいなかった、では剣技を救い出すことが叶わなくなります。そういうそれがしがたどり着いたのが、斬るのではなく、斬られる相手に立ち向かうという筋でした。

己よりも強い相手ならば、心おきなく剣が振るえる。剣技を解き放つことができる。相手にとって迷惑この上ないのは承知ですが、相手も武家です。武家ならば誰もが、死を呑んでいるはずです。勘弁してもらうしかないと、腹を括りました。相手として芳賀源一郎殿を選んだのは、たまたま当代随一との評判を耳にしたからです。ただし、芳賀殿を知ってからは、たまたま、ではなくなりました。相手は芳賀殿でなければならなくなりました。芳賀殿が目付筋だったからです。

いかに大番組番士を誇りとするそれがしとて、もはや役方の御代《みよ》に移りつつあることに気づかずにはおられません。その役方のなかでも重きをなしているのが監察であり、その上、監察は、番方にとって代わる働きもしておりました。手前勝手ではありますが、大番が立ち向かうのは監察でなければならぬという筋がすとんと腹に落ちたのです。芳賀殿が石森念流の練達で、錬制館の道場主であり、しかも徒目付加番であると知ったとたん、それがしが刃《やいば》を交えるのは芳賀源一郎を措《お》いていなくなった。かくて、この仕儀に至った次第です。

芳賀殿にはご迷惑をおかけしたが、お蔭《かげ》をもって、道連れは必至だった剣技を最期に解き放つことができた。

どうにか、間に合った。

そう……片岡殿が言われる始末を、つけることが叶いました。

お願いできる筋ではないが、芳賀殿に、深謝しておったとお伝えいただければ幸甚《こうじん》です。

それは凄い受けだった。さすがに芳賀源一郎だった。

ひと太刀ごとに、救われました。

その未明、二度目の発作が村田作之助を襲った。

それを聴いた直人は、また助《す》けてもらったぞ、と、どこかでひょうひょうとしていてほしい、沢田源内に言った。

役替え

下谷《したや》と浅草を結ぶだけあって、新寺町通《しんてらまちどおり》はいつも賑《にぎ》わっている。どちらも江戸で一《いち》二《に》を争う盛り場ときているから、下谷へ向かう人も、浅草を目指す人も、同じくらいに流れる。

けれど、文化七年も残りひと月半ばかりになった十一月十六日の今日に限っては、浅草へ出ようとする人波のほうがはるかに多かった。この日、浅草本願寺が再建上棟式を迎えたのである。

四年前の文化三年三月、浅草本願寺は灰燼《かいじん》に帰した。俗に言う、車町《くるまちょう》火事である。芝の車町で上がった火の手が、早朝からの西南の風に乗って尾張町《おわりちょう》から京橋、日本橋へと燃え広がり、神田から下谷、浅草をも嘗《な》め尽くした。焼失した町、およそ五百三十、大名屋敷、社寺、ともに八十余り。その八十余りのなかに、観音堂と並ぶ浅草の顔である浄土真宗の巨刹《きょさつ》もあった。門徒《もんと》にも、門徒でない者にも、浅草本願寺の復活は今年を締めくくるに足る出来事だったのである。

それが証拠に、というか、朝のうちは、式のもようがちょっとでもよく見える桟敷《さじき》を確保しようとする門徒衆がもっぱらだったが、午《ひる》も八つを過ぎたいまは、そろいで新調した御講《おこう》小袖《こそで》姿は数えるほどだ。あらかたは信心とは縁のなさそうな衆生《しゅじょう》で、東西百二間《けん》、南北百九間に広がっていた大伽藍《だいがらん》がどうなっているかを物見《ものみ》に来ている。

そういう輩《やから》たちが、次から次へと繰り出してくる。顎《あご》を上げれば、棟上《むねあ》げを祝うがごとく晴れ上がった冬空は、青を通り越して薄藍《うすあい》に近いほどで、陽気はひんやりとはしているものの、降り注ぐ光は温《ぬく》もりを孕《はら》んでいる。出かけるには、うってつけの日和《ひより》だ。一帯は本願寺の子院がびっしりと通りを挟んでいて、寺町の約束どおり遊び場には不自由しないので、なかには、門跡《もんぜき》見物にかこつけて、路地裏に消えようとしている不心得者《ふこころえもの》だっているのかもしれない。

上棟式に臨んで伽藍の配置等をじっくりと見定めた目付、萩生田貞勝《はぎゅうださだかつ》の一行はその人波に逆らうように表門を出た。門跡前《もんぜきまえ》を右に折れ、浅草田圃《たんぼ》の遊水《ゆうすい》を抜く新堀川《しんぼりがわ》を菊屋橋《きくやばし》で越える。案内するのは、下谷から浅草、箕輪《みのわ》の界隈《かいわい》までを縄張りにする町火消十番組でも知られた、ゝを組の組頭の町田《まちだ》甚右衛門《じんえもん》で、門前から遠慮なく商う岡場処を先に立って縫っていく。

堂前《どうまえ》、柳下《やなぎした》、ドブ店《だな》、万福寺前《まんぷくじまえ》、紅屋横丁《べにやよこちょう》、三嶋門前《みしまもんまえ》……名を挙げれば、いくらでも出てくる。江戸は至る処《ところ》に岡場処を呑《の》むが、なかでも、浅草は深川と並んでいっとう数が多い。色の欲とカネの欲を取り替えっこするのが岡場処だから、喧嘩《けんか》口論は付きもので、おのずと付け火の温床にもなりがちだ。で、上棟式に合わせて、目付を筆頭にそれぞれ、路地内《うち》のあれやらこれやらを、己《おの》が躰《からだ》にあらためて覚えこませておこうというわけである。

「かねてから、過去五十年ごとの火災の数を、右筆《ゆうひつ》に調べさせておいたのだが……」

昨日、貞勝は、片岡直人ら徒目付《かちめつけ》を前にして説いた。

「報告によれば、宝暦《ほうれき》からのここ五十年の火災は三百二十件を越えている。で、その前の五十年はといえば、二百二十件に届いていない。ちなみに、さらにその前の五十年は百六十件足らずだ。つまりは、ずっと増えつづけて、とりわけ、この五十年では五割近くも増えたことになる」

目付は十名いて、うち幾名かが交代で火口番《ひのくちばん》を兼ねる。火事場の指揮に当たる御役目である。あらゆる幕臣の非違《ひい》に目を光らせる目付の職掌《しょくしょう》は幅広く、やることを挙げるよりも、やらぬことを挙げるほうが早いとされるが、幕府における火消しの元締めもまた目付なのである。貞勝はその火口番の一人だ。今回、貞勝率いる一同のなかには、徒目付組頭の内藤雅之の姿も見える。

「むろん、御府内《ごふない》の住人が増えつづけていることもあるが、それだけではない。明らかに付け火が目立つ。喰えずに身を投げる者も、物盗《ものと》りをしでかす者も、果ては人を殺《あや》める者も、そして、火付けに及ぶ者も、その根はいっしょだ。当人にしてからが常にぶすぶすと燻《くすぶ》って、いつなんどき炎を噴き上げるか知れない」

江戸は、生まれ育った土地にいられなくなった者たちを、全国から吸い寄せてきた。町人地に暮らす、六十万とも言われる住人の七割がたは店借《たながり》だ。四畳半ひと間《ま》の九尺二間《けん》なら上々、畳二枚の六尺一間半だって当たり前で、さながら薪《たきぎ》のような安長屋が、北は千住《せんじゅ》から南は品川まで延々と軒《のき》を接する。

おまけに、そこで日傭取《ひようと》りなり、棒手振《ぼてふ》りなりをして暮らす者たちの活計《たつき》は、けっして暮らしに波風は立たないという、ありえない前提で成り立っている。いつ収まらなくなって、薪の山に火の手が上がってもおかしくはない。

「町人だけではない。近年では、武家もまた危うい。皆も骨身にしみているとは思うが、昨年からつづく豊作で、この文化七年の米の相場は一石《こく》当たり銀二十七匁《もんめ》にまで下がった。文化の御代《みよ》になってこのかた米の値は下直《げじき》で張りついてきたが、その安値のさらに半値ということだ」

幕臣は二月、五月、そして十月の三度に分けて禄米《ろくまい》を受け取り、札差《ふださし》で金に替えて日々を営む。つまり、つい先月、半値の厳しさを思い知らされたばかりだ。

「裏店《うらだな》住まいにとってはなによりだろうし、豊作を凶報のように受け止めるのは厳に戒めなければならんが、武家にとっては、禄が半分になったに等しい。千俵が五百俵に減るのはともかく、三十俵、四十俵が十五俵、二十俵になれば、いかに内職に励んだとて活計をよくしてゆくのは容易ではあるまい。かくのごとく、御府内の騒乱の火種はますます広がっている。心して、防火に当たってくれ。とりわけ、車町火事からの復興の象徴たる浅草本願寺を、再び灰にさせてはならん。明日の再建上棟式を機に、一帯の危険の芽を総ざらいして、手立てを講じてもらいたい」

御公儀の監察を担《にな》う、当の目付筋にしてからが、危うさと無縁ではない。徒目付なら職禄は百俵五人扶持《ぶち》の百二十五俵で、まだなんとかなろうが、それより下の一統には三十俵、十七俵の御役目の者もいる。それが半分になれば、九俵に届かない。もはや、当たり前になりつつある〝米価安の諸色高《しょしきだか》〟は、武家の暮らしを脅《おびや》かしつづけている。家族の一人でも病《やまい》を得たら、途端に日々の成り立ちが頓挫《とんざ》する。

「皆も知ってのとおり、浅草本願寺は御公儀の重要な役割をも果たしてきた。朝鮮来聘使《ちょうせんらいへいし》の宿館《しゅくかん》である」

貞勝の訓示を、内藤雅之が継ぐ。

「慶長十二年以来の二百年で十一度に及ぶが、巨額の費用がかかることもあり、ここずっと途絶えていた。が、来年は四十七年ぶりに復活して、十二度目の来聘が実現する予定になっている。ただし、だ」

ひと呼吸置いてから、雅之はつづけた。

「数年来、交渉を重ねてきた結果、今回は対馬《つしま》での易地聘礼《えきちへいれい》とすることで決着した。江戸への来聘はないということだ」

ふーという安堵《あんど》の息が、そろって洩《も》れた。来聘使が底なしの金喰い虫であることは、一同の誰もが了解している。あまりに壮麗な行列は、時節との折り合いがわるすぎる。

「とはいえ、交渉事というものはいつなんどき覆《くつがえ》るか分からん。浅草本願寺が宿館になる事態も、想定はしておかなければならない。つまりは、この趣旨からも、浅草本願寺を炎に包ませるわけにはゆかないということだ。よほど腹を据えて、かかってゆこう」

一行は、於多福横丁《おたふくよこちょう》に分け入った処でを組の組頭の甚右衛門と別れて、宇都宮藩や出羽《でわ》松山藩など諸侯の上屋敷がある一角へ向かう。貞勝と雅之が練った、新しい防火策を詰めるためである。

火消には、大名火消《びけし》と旗本の定《じょう》火消、そして町火消がある。とはいえ、大名火消と定火消の武家火消は、もともと御城《おしろ》の曲輪《くるわ》内に火を寄せつけぬための備えであり、町人地への出動はごく限られている。下谷と浅草の一帯ならば、将軍家菩提《ぼだいじ》寺の上野寛永寺と湯島の聖堂、それに浅草観音堂と御米蔵《おこめぐら》くらいのものだ。浅草本願寺の火消しは、もっぱら町火消に頼ることになる。

で、貞勝らは最寄りの大名の江戸屋敷に加勢を頼むことにした。江戸屋敷はそれぞれ、みずからの火事を消すための各自火消《かくじびけし》を備えている。以前より、屋敷の周り二、三町の近所に出火があった場合は、その各自火消を差し向けて小火《ぼや》のうちに鎮火させる決まりになっていた。とはいえ、いちばん近い戸田因幡守《とだいなばのかみ》の宇都宮藩上屋敷からでさえ出動する距離の上限を超えている。その縛りを取っ払って駆けつけてもらえるよう、かねてから寄合を持っていたのである。

浅草本願寺の北に大名屋敷はなく、すべてが南に位置している。つまり、冬の江戸に多い北西の風の風下になる。自分らの屋敷へ火口を近づけないためにも、早めに消し止めておく必要があるわけで、話を持ちかければ、どの屋敷も聞く耳は持つ。しかも、それで怖い目付筋に多少の恩を売ることもできるとあって、話はさほどの曲折もなく進んでいた。あとは、それぞれの江戸屋敷の役割分担をどうするか、というところまで漕《こ》ぎつけていたのである。

誰もが考えつきそうでいて、その実、誰も取り上げなかった、その絵図を描いたのが雅之であることを、細目《さいもく》を埋める作業に加わった直人は、貞勝から聞いて知っている。「あいつはこれをきっかけに……」と、貞勝は言った。「各自火消が足を延ばす先例を江戸中に広げて、ちょっとでも焼け跡の仏を減らしたいんだろうよ」。けれど、当人はいつものように、ひとことも語ることがない。誇るのは野暮などと、粋《いき》を気どっているわけではない。役人が御用を進めるのは、馬が走るようなもの、と心得ているのである。

この上司が語るとすれば、もっぱら喰い物のことで、〝旨《うま》いもんじゃなきゃいけねえなんてことはさらさらねえが、人間、旨いもんを喰やあ、自然と笑顔になる〟が口癖だ。いつもは冗談めかした物言いしかしない人が、御用と向き合うと人知れず、言われてみればそうだった、と、すっと得心《とくしん》するような御勤めをする。

その背中に目をやりながら、腹を括《くく》らなければならんな、と直人はつぶやく。

このまま目付筋にあって、徒目付に専心するのか、それとも、当初の覚悟を貫いて、勘定所に移り、御目見以上《おめみえいじょう》の勘定を目指すのか、そろそろ踏ん切りをつけなければならない。

思えば三年前、二十五にして初めて徒目付の御役目に就《つ》いたときの自分は、ただ半、席を脱して、片岡の家を旗本の家筋《いえすじ》にしたいという想いだけでいっぱいだった。

御目見以下《おめみえいか》の徒目付は、あくまで旗本へ身上《みあ》がるための踏み台で、そこでなにがしたいとか、どう務めようとかは一片《いっぺん》たりとも考えなかった。勘定所の目に留まるように、とにかく実績を積み上げることしか眼中になかったと言ってもいい。

それが、武家として、どういうことなのか……もしも、この風変わりな上司が頼まれ御用を振ってくれなければ、自分はまちがいなく気づかずにいただろう。あるいは、いまなお踏み台にいることに、焦《じ》れていたかもしれない。

はたして、どんな蛙なのかは分からぬが……と、直人は思った。

自分はこの目付筋という池で、おたまじゃくしから蛙にしてもらったことだけはたしかだ。


直人の父の片岡直十郎は旗本だった。

片岡の家では初めて、御目見以上の小十人《こじゅうにん》入りを果たしたのである。御家人は御目見以上の御役目を得て、旗本となる。

にもかかわらず、子の直人が旗本になれなかったのは、父が務めた御目見以上の御役目が結局、小十人だけだったからだ。

当人のみならず、その子も旗本と認められる永々御目見以上《えいえいおめみえいじょう》の家になるためには、二つの御役目に就かなければならない。一つだけならば、一代御目見《いちだいおめみえ》の半席にとどまる。

それだけに、直人は、御目見以上を目指さないわけにはいかなかった。二度の御目見以上という条件は、父子《おやこ》二代かけて達成してもよい決まりになっていたのである。ただし、父と同じ番方《ばんかた》の小十人《こじゅうにん》になる路《みち》は、もはや塞《ふさ》がれていた。槍働きの時代が終わってすでに二百年。武官である番方は行列を飾るだけの存在になりつつあり、力を高めるために、新しい血を入れなければならぬほどの切実さは露ほどもなかった。

切実さをみなぎらせていたのは、むしろ文官の役方《やくかた》だった。〝米価安の諸色高〟は個々の武家のみならず、幕府の土台をも揺るがせており、監察と財政、つまりは目付筋と勘定所の踏ん張りに頼らざるをえないような状況になっていた。おのずと、二つの役所は垣根を低くして有為《ゆうい》の者を求めるという点でつながっていて、人の行き来もあった。分けても、徒目付は勘定所から目を注がれていた。御用の多くが重なっていたのである。

あらゆる役人の振る舞いを監察する目付筋は、勘定所とて容赦がない。普請《ふしん》に予算を割り当てるにしても、目付の検印なしには柱一本立たない。その目付の耳目《じもく》となって動く徒目付は、勘定所にとって、明日からでも使える幕吏《ばくり》だった。

だから、ひたすら旗本を目指す直人の目には、まずは徒目付となり、すみやかに実績を残して勘定所に席を替え、御目見以上の勘定に駆け上がるのが、旗本へ身上がるための、いっとう太い梯子《はしご》と映ったのである。

とはいえ、直人は徒目付になろうにも、御役目も得ていなかった。直十郎が小十人のあと、小普請《こぶしん》に回されたのである。百俵五人扶持の徒目付は御家人としては天井の御役目であり、無役の直人がいきなり梯子に手をかけられるわけもない。とにかく、そこから抜け出さないことには話にもならぬと、十五のときから一日も欠かさず、登城前の権家《けんか》の屋敷に通い詰める逢対《あいたい》を重ねた。

そうして、小普請世話役《こぶしんせわやく》の御役目にありついたのは、七年が経《た》った二十二の秋だ。未明の行列に共に並びつづけた途方もない数の訪問客のなかで、小普請から抜け出すことができたのは、直人ともう一人、近所で子供相手に剣術の手ほどきをしていた、北島泰友《きたじまやすとも》の息子の士郎《しろう》だけだった。

三十俵二人扶持の普請方同心《ふしんがたどうしん》ではあったが、それでも僥倖《ぎょうこう》にちがいなく、泰友と父の直十郎は無役の父どうし、心底《しんてい》から喜び合っていた。直人とて、しゃにむに動き回ってはいたものの、その実、五十俵三人扶持の小普請世話役は彼方《かなた》にかすんで見えていて、御召し出しの知らせを受けた日の晩は、子供のように熱が出たものだった。

だから、直人はとにかく、御勤めに没頭するつもりだったし、自分がそうすることに、なんの疑いも抱かなかった。

が、本丸表御殿《ほんまるおもてごてん》中央の徒目付の内所《ないしょ》に通うにつれ、直人はみずから決めた路筋から微妙に逸《そ》れていった。表の御用とは別枠の頼まれ御用を請けるうちに、がむしゃらに勘定になろうとする己に、違和感を覚えるようになったのである。

徒目付の内情を知る者なら誰もが、そうと聞けば、蓄財に走ったと受け止める。徒目付は、その気になりさえすれば、職禄《しょくろく》に数倍する余禄《よろく》を手にできる御役目だからだ。目付の耳目となって動く徒目付は、およそ行かない処がなく、やらないことがない。つまりは最も鍛えられる幕吏であり、どこからと言わず頼まれ御用が持ち込まれる。その見返りの、ずっしりとした重さに馴染《なじ》んでしまえば、御目見以上の御役目も、もう目に入らなくなる。

そんなことは直人も先刻承知で、蜜《みつ》を含んだ話には厳に距離を置いていた。頼まれ御用の話を振ってくる者は敵と見なしており、雅之から最初に持ちこまれたときも即座に断わった。ただ断わっただけでなく、言外に、迷惑と、侮蔑《ぶべつ》をこめたつもりだった。自分は鵜飼《うかい》の鵜になるつもりはないし、裏での鵜飼についても軽侮している、と。にもかかわらず、翌年の春、とうとう承知したのは、けっして折れたわけではない。間近で接するうちに、どうやっても雅之の御勤めぶりを否定できなくなっていたからだ。

とにかく聴くだけ、と耳を傾けてみれば、雅之が切り出す頼まれ御用は、表の御用とちがっただけでなく、面倒事《めんどうごと》と関わるふつうの頼まれ御用ともまったくちがった。なによりも、扱う事件はすでに決着を見ていた。科人《とがにん》は罪を認めていた。評定所にしても、御番所にしても、罪科を定め、刑罰を執行するための要件は自白のみである。つまり、事件は一件落着しており、この上、やることはなにもない。いったい、頼み事とはなんなのか、怪訝《けげん》な顔を向けた直人に、雅之は言った。

「なぜ、その事件が起きなきゃなんなかったのかを、解き明かして欲しいのさ」

「それこそ……」

直人は訊《き》いた。

「なぜ、そんなことをする必要があるのでしょうか」

「こいつは、たとえばの話だが……」

雅之は、答えた。

「片岡の親兄弟、あるいは女房子《にょうぼこ》が、殺《あや》められたとする」

知らずに、気が集まった。

「科人は捕らえられて、小伝馬町《こでんまちょう》の牢《ろう》のなかだ。すでに、てめえがやりましたと吐いて、御裁きも済んでいる。落着請証文《らくちゃくうけしょうもん》も出て、あとはお仕置きを待つだけだ。で、片岡に聞くが、それで得心できるかい」

「と、申されますと？」

「なぜ、自分の親兄弟や女房子が殺められなければならなかったのか……そいつは分からねえまんまだ。それで、いいかい」

即座に、直人は言った。

「いいわけがないでしょう」

そうと訊かれて初めて、なぜ、が手付かずのままでいる理不尽に気づいた。

頼む者がいて、頼まれる者がいるのも、もっともと思えた。とはいえ、もしも自分で請けるとなれば、さぞかし難儀な御用になるだろうとも思った。

手を染めてみれば、そのとおりだった。

すでに、科人は罪を認めており、刑の執行まで猶予《ゆうよ》はない。わずかに許された時のなかで、科人の口からなぜを引き出すのが、頼まれる者の務めである。

表の御用のように、関わりのありそうな者の証言をひとつひとつ拾い集めていくわけにはゆかない。当たっても、せいぜい二人。手がかりは、揃《そろ》わなくて当たり前だ。

それを承知で、なぜを汲《く》み出すための、唯一《ゆいいつ》の手立ては、的《まと》を外さぬ仮説を、できうる限りすみやかに立てることだけだった。

科人は無理を重ねて、なぜを心底の奥の奥にしまっている。見抜かれることで、無理が一気に崩れ、なぜがほとばしる。彼らとて、見抜く者を、待っているのやもしれない。その見抜く者になろうとして、直人は旗本へ邁進《まいしん》する路から逸れていった。

すくない手がかりを引き受けてすみやかに仮説を導き出すには、人の気持ちの奥底に深く分け入るしかない。探る範囲の狭さを、深さで補うのである。

とはいえ、請けてみれば、分け入ろうとするたびに、己の頑迷《がんめい》さがいかにも突っかえる。頑《かたくな》に頼まれ御用を拒んでいた頃の偏狭《へんきょう》さに、否応《いやおう》なく気づかざるをえない。御用を重ねるほどに、人というものをなにひとつ知らなかった自分を思い知らされて、そうと見えてしまえば、このまま知らずに済ませるわけにはいかなかった。

とどめは、自分が身上がろうとするあまり、武家の在《あ》り様《よう》を忘れていたことだった。

監察を担う者は、監察を受ける者の恨みを買いやすい。そういう御役目であることは容易に想像できるにもかかわらず、いざ自分のこととして生死の際《きわ》を察してみると、平常心を失った。

武家ならば、平素から死に備えていて当然である。なのに、勘定に駆け上がろうとする想いだけで頭が塞《ふさ》がれて、三月前《みつきまえ》、雅之から恨みゆえの襲撃の怖《おそ》れを言われるまで、すっかり武家の構えを忘れていたのである。

幼い頃から、武家とは自裁《じさい》できる者であると、巷《ちまた》の儒者でもあった父から導かれて育った。いつでもみずからを裁いて、みずからに死を与えることのできる者が武家なのだった。武家にとって死に備えることは常態であって、格別のことではない。危険が露《あら》わになってから備えるのは、武家の構えとはちがう。そうと叩《たた》きこまれていたはずなのに、気付けば頭から消えていて、ことさらに備えた。

以来、備えず、構えず、死の脈動と添っていく腹積もりで街を歩いている。

そのようにして日を重ねると、逸れたとはいっても傍《かたわ》らには見えていた勘定への路が、けっこう離れて映る。

そこを歩む自分は、ずいぶんとよそよそしい。

それでもまだ、視界からは外れていない。片岡の当主としての自分の務めは、いまも忘れずにいる。

いずれは生まれてくるのであろう跡取りを、生まれながらの旗本にしなければならないという想いは、薄くはなったが、消え切ってはいない。

おたまじゃくしから蛙になって分かったのは、蛙は蛙で、もろもろ考えるということだった。


いま、直人たちが歩む於多福横丁もまた、浅草の数ある遊び場のひとつである。分け入ってすぐの等覚寺《とうかくじ》門前の浅草六軒町《あさくさろっけんちょう》界隈はドブ店《だな》と呼ばれ、何軒もの切見世《きりみせ》が建ち並ぶ。

お世辞にも上等とは言えない街だが、突き当たりに見えているのは出羽松山藩の江戸屋敷の漆喰塀《しっくいべい》で、表門も近い。盛り場と大名屋敷が、それも藩主が住み暮らす上屋敷が隣り合うのが、いかにも浅草である。

そのせいなのだろう、武家が一団を組んで通りを行っても、見世を張る女たちは顔を向けもしない。くたびれた誘いの声だけがまとわりつく。折からの抜ける風が妙に乾いて伝わって、ここも、いつ火元になるか知れないと思ったとき、前方から大人数で諍《いさか》う声が届いた。

目を向ければ、路上の真ん中で、唐茶色《からちゃいろ》の半纏《はんてん》を羽織った七、八人の中間《ちゅうげん》が、仲間の一人と思《おぼ》しき男をいたぶっている。

出羽松山藩上屋敷はもうすぐそこだが、いまや武家奉公人はどこも人宿《ひとやど》から斡旋《あっせん》される一季奉公だ。給金が少ない上に、初めから一年限りの勤めと決まっているから、励んだとて得るものはなにもないというわけで、武家を武家とも思っちゃいない。中間の一人がちらりとこちらに目をよこしたが、なにも見なかったように顔を戻して、再び、倒れている一人に蹴《け》りを入れた。

多勢に無勢だからか、仰向《あおむ》けに倒れた男はあらがう素振りすら見せない。目を凝《こ》らせば、相当の年配のようである。直人は足を速めて蹴りつづけている男のもとへ真っすぐに向かい、つかんだ手首を逆に取って転がしてから、高らかに言い放った。

「御目付、萩生田貞勝様の一行である。控えんかー！」

薄笑いさえ浮かべていた男たちの顔が、途端に引きつって散り散りになる。武家奉公人でいっとう威勢がいいのは、大名の駕籠《かご》を担《かつ》ぐ陸尺《ろくしゃく》で、その大名さえ侮《あなど》るほどだが、武家のなかでも目付だけは恐れる。一点の曖昧《あいまい》さも入れず、断罪するからだ。目付は何人《なんぴと》とも妥協しない。予断を入れぬため、人との付き合いも断つ。目付は兄弟以外の他家の屋敷を訪問しないし、よんどころなく訪ねると、先方から嫌がられる。脛《すね》に疵《きず》を持たぬ者にも緊張を強いる……目付はそういう御役目である。

「大事ないか」

直人は倒れていた男に声をかける。男は上体だけを起こし、顔を寄こした。片方の目が腫《は》れて塞がっていて、前歯が二本ともない。口の周りに血が見えないところを見ると、歯の方はいま折られたわけではないらしい。やはり年配の上に、そういう有りさまなので、よけいに老《ふ》けて見える。なにかを言いかけたが、欠いた歯のせいで聞き取りにくい。「なんだ？ なにが言いたい」と問うと、こんどはどういうわけか顔をそらした。半纏の背中の紋は、どこの屋敷でも使う釘抜紋《くぎぬきもん》で、どこの家中《かちゅう》かは分からない。巷に溢《あふ》れる四角い紋は、大名が自前の奉公人を抱える余裕がなくなった、いまという世を表しているようだ。

「片岡！」

通り過ぎようとする一行の内の一人から声がかかって、戻れ、と促す。時節がら、火盗改めならば一人残らずしょっぴいて重敲《じゅうたたき》にでもするのかもしれぬが、今日の目付一行に、中間どうしのいざこざにかかずらっている暇はない。了解して、その場を立ち去る前に、直人はもう一度、男を見やった。

男は変わらずに無言で、顔をそむけたままである。

まるで、顔を隠しているようだ、と思って、ふと、思い直した。

あるいは、そのとおりなのではあるまいか……。

男は顔を隠しているのではないか。

男は自分を見知っていて、それで顔を隠している。つまり、自分もこの男を見知っている。

そういえば、どこか見覚えがある。

誰、とは思い当たらないが、でも、たしかに、自分はこの男と以前に会っている。

役目がら、中間とは繁《しげ》く顔を合わせる。けれど、中間ではない。中間に、記憶に刻みこまれるほどに関わった知り合いはいない。

中間の一季奉公をしているのだから、身分は武家ではなく町人だ。町人ならば、交《せ》わった者は限られてくるが、はて、誰だっただろう。急いで記憶をたどるが、とんと思い当たらない。

きっと、欠いた前歯のせいで人相が変わっているのだろう。直人は頭のなかで歯をつけてみるが、うまくいかない。

「片岡！　行くぞ」

再び促され、直人はあきらめて踵《きびす》を返す。

早足になって追いつこうとしたとき、ふっと、ある男の顔が浮かんだ。

まさか、と思う。

そんなはずがない。

あの人が中間なんてしているわけがない。

けれど、否定するほどに、まちがいないという想いがつのる。もしも、そうだとすれば、一家の身の上になにかが起きたのだ。

放ってはおけない。知らぬ顔などできない。とにかく、たしかめなければならない。

直人はとって返して、そむけつづけている顔の正面へ向かい、腰を落とす。男の両の肩に手を置いて、顔をしっかりと見た。

やはり、そうだ。自分の見誤りであって欲しかったが、やはり、そうだ。

「直人です」

思わず、言った。

「片岡の、直人です」

一語、一語をくっきりと言う。

「分かりますか。本所の、吉田町の片岡直人です」

男はわずかに開いたほうの目を直人にくれ、小さくうなずく。目尻《めじり》に、うっすらと涙が溜《た》まっている。どういう涙なのか……。

「いまは下谷にいます。御簞笥町《おたんすまち》の、徒目付の組屋敷ですが、一軒だけです。誰にも見られません」

早口で、しかし明瞭《めいりょう》に、言って聞かせる。

「千歳院《ちとせいん》という寺の、とがった角の向かいです。いいですか、とがったほうの角です。なにかあったら、寄ってください。明後日《あさって》は非番です。それでは、行きます」

男の名は、口にしない。口にして、たしかめない。あたりに聞き耳がなくても、言わない。

言って、万が一、正体が知られたら、おそらく男は罰を受けることになる。すくなくとも、中追放《ちゅうついほう》にはなるかもしれない。この齢《とし》で、暮らしの根城《ねじろ》を失ったら、凌《しの》いでいくのは難しい。

直人は急ぎ足で列に戻り、雅之の背後の、決まりの位置に着いた。

「どうしたい？　なんか、あったかい」

首を巡らせて、雅之が問う。

「いえ、なにも」

と、答えてから、直人は気づいた。

たとえ返事ひとつにしろ、雅之に初めて嘘をついた。

雅之のことだから、きっと気取《けど》ったことだろう。自分の返事はいかにも取って付けたようだった。苦もなく、なにかあったと見抜いたにちがいない。

雅之が相手だと、すべてを見透かされている気になる。いかに雅之とて、たったこれだけのことから、仔細《しさい》をつかむことができるはずもないのだが、それでも、そういう気にさせられる。

もしも、見透かされていたとしたら、どうなるだろう。科人をかくまった、ということになるのだろうか……。

かくまうつもりはなかった。自分はとにかく、いま、なにが起きているのかをたしかめようとした。

けれど、まだ、はっきりとはしないが、おそらく男は御法《ごほう》を犯している。それを、なにもない、と答えれば、かくまったと取られてもしかたがない。一点の曖昧さも入れずに断罪する目付筋にあっては、看過《かんか》できぬことだろう。

とはいえ、たとえ雅之であろうと、いま言うわけにはいかない。見透かされていたとしたって、自分からは言わない。ぜったいに口に出さない。口外してはならないことは、相手が誰であろうと、口外してはならない。どんな一人であっても、一人に伝えれば、口外はした、のだ。

あの人は必死になって守っていた。己の正体を見破られまいとしていた。なんで中間どもに打たれるままだったのかも、あの人だと知れてみれば想像がつく。年配とはいっても、六十半ばのはずだ。棒切れ一本あれば、あの人なら、中間の七、八人を地面に這《は》いつくばわせるのは難しくなかっただろう。なのに、そうしなかったのは、それで正体が破《わ》れるのを怖れたからにちがいない。

あるいは、欠いた前歯も、顔相を変えるために自分で折ったのではないか。みずから、やっとこを手に取ったのではないか。

そこまでして、あの人が守ろうとしているものを、どうして口外できるだろう。自分には言えない。すくなくとも、いまは言えるわけもない。

うつむき気味に歩く直人の耳に、目付筋一行の歩む音が異様に大きく響く。とにかく明後日《あさって》だ、と思い、きっと来てくれ、と思って、直人はその音を消した。

二日後、直人は朝から御箪笥町の組屋敷にいる。

非番の日は、決まって朝四つに、御徒町にある算学塾に足を向けることにしていた。いつ勘定所に移っても困惑することがないよう、農政に必要になる、いわゆる地方算《じかたさん》法《ぼう》を習っていたのである。塾を開く稲葉佐吉《いなばさきち》は、算学の主流である関流《せきりゅう》においてもそこその位《くらい》にあるが、当人は大算学者になる路に見切りをつけて、教育に力を注いでいる。本物の学究が一人一人の力量に見合った指導をしてくれるのだから、塾生にとってはすこぶるありがたい。とりわけ、直人のように定められた枠に通うことができない者については、一対一の指導にも応じてくれる。直人が頼まれ御用で得た五度の謝礼は、すべてその教授料の足しに当てさせてもらった。

勘定に邁進する己に、そぐわなさを覚えてからも塾通いだけはつづけていた。それで、かつての自分とつながっているような気でいたのだが、この日、家を空けるわけにはゆかず、三年前に門を叩いてから初めて、休むことにした。

朝四つが過ぎたとき、ずっとつづけていた学びを途切れさせてしまった後ろめたさのようなものが押し寄せてくるのかと想ったが、むしろ、ほっとして、ま、これはこれで……と思った。こういうことでもなければ、止《や》めることはできなかっただろう。そのように、ずっと屋敷に詰めていたのだが、待ち人はなかなか現れなかった。

こっちが非番だからといって、向こうも躰《からだ》が空いているとは限らない。よしんば空いていたとしても、人目をはばかるので、きっと陽が落ちてからだろう。まっとうに考えれば日中は屋敷を留守にしてもよいはずで、できたら外へ出て、下谷広小路をひと回りふた回りしたかった。偽系図売りの浪人、沢田源内の姿を探したかったのである。

この三月に最後に出逢《であ》って以来、躰が空いたときには、そうするのが習いになっていた。どうせ、もうそこには戻ってこないだろうが、いないのを分かっていても、広小路をぶらぶらしていると、腹の底の底あたりで、源内と言葉にならぬ言葉を交わしているようで、なんとはなしに落ち着いた。

沢田源内と初めて口をきいたのは、一年半ほど前の朝顔が咲く頃で、偽系図の露店を広げていた源内が、三度目の頼まれ御用で煮詰まっていた直人を手招きしたのだった。誘われるままに台の前に立ち、どこか浮世離れした話を飄然《ひょうぜん》と語るのを聞いているうちに、固まりがちな頭が白紙に近くなって、曖昧としていたなにかが輪郭を結んでいった。それが緒《いとぐち》になって、科人のなぜにたどり着いたことは三度を数える。

直人はそれがために、己の記憶に源内が深く残っているのだと思っていた。けれど、件《くだん》の襲撃の話の絡みで、自分が死への備えを忘れていたことを悟ったとき、そうではないことも悟った。

源内の言葉が直人の胸の内に深く分け入ってくるのは、かつて知ったどの武家よりも、源内が死を宿しつつ生きていたからだった。己の内の武家を放り置いていた直人だからこそ、どこでなにをしていようと武家でしかありえない源内に、どうしようもなく惹《ひ》きつけられたのだった。

於多福横丁の男の話を誰かに語るとすれば、それは源内でしかありえず、昨晩も広小路を巡った。いつものように露店をひとつひとつ回って、いつものように不在をたしかめたが、昨今はもう、気落ちを覚えることもなくなっていた。

その営みはいつの間にか源内を探すというよりも、見抜く者として独り立ちするための日々の儀式のようになっていて、源内とはちがう顔を見届けるたびに、いちいち覚悟を求められているような気がした。そろそろ、自分だけで見抜いたらどうだ、と。

頼まれ御用ではないけれど、今日もまた、あの人を見抜くのだと直人は思った。ともあれ、その日、結局、直人は広小路にもどこにも出ず、とっぷりと暮れた夜五つに男を迎えた。

その男、北島泰友は玄関に立つと、「線香を上げさせてくれぬか」と言った。

幕臣の子弟の誰もが昌平黌《しょうへいこう》に学ぶわけではないし、中西道場や長沼道場で竹刀を振るうわけでもない。学問にしろ剣にしろ、小禄の家の倅《せがれ》は、親戚や父の知り合いのなかで、いちおうの研鑽《けんさん》を積んだ者の元へ通う。

そういう町の儒学者が直人の父の片岡直十郎であり、町の指南役が北島泰友だった。近所の神社での青空道場だったが、直人は泰友から剣の手ほどきを受け、泰友の子の士郎は片岡のささやかな住まいで直十郎に四書《ししょ》の素読を導かれた。

そのように泰友と直十郎はつながっており、そしてそのつながりは、二人が士郎と直人の父であることによって、より強くなった。六年前、二人の息子が、無役の小普請から召し出されるという、ありえぬことをやってのけたからである。士郎が普請方同心に、直人が小普請世話役になったという風聞は、二人の暮らす割下水《わりげすい》の界隈だけでなく、小普請が多く暮らす本所一帯に広がった。

泰友と直十郎のつながりは、しかし、それから二年後、直十郎の病没で解《ほど》けた。そして翌年、直人が小普請世話役から徒目付となって本所をあとにしたことで、片岡と北島の家を結ぶ縁そのものも切れた。それもまた、勘定への路を邁進しようとする直人が、知らずに忘れたことだった。

剣の指南とはいっても、九歳から十一歳までの三年ほどだったし、北島の者は同じ本所とはいってもすこし離れた石原町《いしわらちょう》に住まっていたので、士郎とも名前で呼び合う仲ではあるものの、竹馬《ちくば》の友《とも》というわけではなかった。片岡と北島の縁は、もっぱら直十郎と泰友の縁であり、そして、直人と士郎が小普請を抜け出したという縁だった。

だから、於多福横丁で中間姿の泰友を認めたとき、直人は唖然《あぜん》とした。直人の記憶のなかの北島父子は、六年前のままだった。士郎は普請方同心を務め、泰友は、小禄とはいえ幕臣の隠居としての暮らしをおくっているはずだった。それが浅草の場末《ばすえ》で、中間の格好をして、袋叩きに遭っている。どうしてなんだ、という驚きのあとはすぐに、知られてはならん、という警戒の念でいっぱいになった。

中間の一季奉公をしているからには、斡旋する人宿《ひとやど》の寄子《よりこ》になっているのだろう。何者かに引受人《ひきうけにん》を頼んで、町人になりすましているはずだ。武家が町人と身分を偽れば、御法に触れる。それも、けっして軽くはない。中追放は免れず、場合によっては重追放に加えて私財没収の闕所《けっしょ》になるかもしれない。なんで、そんな危険を冒すのか、なんで、みずから前歯を折ってまで中間にならなければならんのか……列に戻ってからも、直人はずっと考えつづけていた。

「おぬしが吉田町を出て、一年ほどしてからだ。士郎が業病《ごうびょう》に取りつかれてな」

焼香《しょうこう》を済ませた泰友は、仏間を離れると、直人が尋ねる前に淡々とした口調で語り出した。どうせ言わねばならぬのなら、早く済ませてしまおうとでも思っているかのようだった。

「手は尽くしておるのだが、一向に回復せん。それで、この年初に、御役目を致仕《ちし》して、再び小普請に戻った。一年とひと月、御役目から離れれば、身を引かなければならんことは、徒目付なら知っておろう」

聞けば、泰友が危険を冒す訳はあまりにはっきりしていた。金子《きんす》ほど、分かりやすい理由はない。

「家禄の二十俵二人扶持に戻った上に、医者のかかりもある。おまけに今年、米の相場は半値だ。去年の米価でも立ちゆかんのに、半分になった。傘張りなんぞでは、どうにもならん。で、こういうことになった」

泰友は綿入れの袖《そで》をわずかにかかげた。中間の半纏こそ羽織っていないが、その晩も泰友は町人の格好をしていた。

「今日、足を運んだのは、おぬしに口外無用の念を押すためだ」

けれど、その目は自嘲《じちょう》で緩んではいない。しっかりと、武家の目である。

「分かっていると思うが、けっして他言はせんでもらいたい。他人に頼むわけにはゆかんので、人宿の引受人は士郎がなっている。明るみになったときの罪は、当主の士郎のほうが重かろう。そうなれば、もう、どうにもならん。ここで、しっかりと口外はせんと約定《やくじょう》してくれ」

「もとより」

即座に、直人は返した。

泰友は、答える直人の目をじっと見据えてから言った。

「では、戻る。邪魔をした」

目を切ると、すぐに泰友は腰を上げようとした。

「士郎は……」

けれど、直人が口にした息子の名前が、泰友を制した。

「どのような病なのでしょうか」

ふーと息をついてから、泰友は言った。

「言えんな」

直人は問うたことを、咎《とが》められたような気がした。

「士郎が望まんだろう」

けれど、泰友の声に、責める色はなかった。

「やっとの想いで得た御役目を、手放さなければならなかった病とだけ思ってくれ。

それから、見舞いも無用だ。おぬしと顔を合わせれば、士郎の無念は増すばかりだ。

量《はか》ってくれ」

「なにか……」

直人は声を絞り出した。

「お役に立てることはありましょうか。もしも、急なご入用でもあれば、多少の金子《きんす》を用立てることもできますが……」

「かたじけない、と謝するべきところなのだろうが……」

乾いた声で、泰友は言った。

「それは短慮だぞ。急な入用は毎日のことだ。甘えれば、ここに日参しなければならん。それで、いいのか。士郎はおぬしと同い齢だ。金子を用立てると言うなら、士郎が仏になるまでずっと面倒を見てもらわなければならなくなるが、その覚悟があるか。嫁をとって、子を成したあとも、それができるか。考えて、ものを言わんと墓穴を掘るぞ」

返す言葉が、見つからなかった。

「では、さらばだ。口外無用、くれぐれも心してくれ」

当初、直人は、一刻も早く中間を辞めて他の稼ぎを探すよう忠告するつもりでいた。自分が目をつぶっても、いつなんどき他の者から見破られるか分からない。そうなったら、中追放では済まないかもしれない。けれど、そんな稼ぎがあれば、中間なんぞをやるわけがない。万策尽きたからこその中間だろう。玄関を出て、すぐに闇に溶けた泰友の背中を目で追いながら、なにが見抜く者だと思った。

明くる日から直人は、御用を終えたあと、中間よりは実入りがいい武家の隠居仕事の口を探し歩いた。

けれど、米価が半値の時節、おいそれとそんな稼ぎが見つかるわけもない。それに、諸国の江戸屋敷からの御用頼みを忌避してきた自分の世間は、そういう了見《りょうけん》で動いてみると、いかにも狭かった。

かすりもせぬ日を重ねるうちに、雅之に話を持っていこうかとも思った。こんな御代《みよ》でも、雅之ならば玉手箱のように、「ほらっ、こんなのがあるぜ」と、願ったりの稼ぎを紹介してくれそうな気がした。

でも、むろん、頼めるはずもなかった。雅之に相談するということは、雅之にも口外無用を強いるということだった。つまりは、徒目付組頭に、科人をかくまえ、と求めることだ。そんなことを考えつくことじたい、どうかしていた。

十日ばかりが経った十一月も晦日《みそか》の晩、例によって足を棒にして御箪笥町に帰ると、屋敷の前に、泰友が立っていた。

きっと待ちつづけていたにちがいない。躰は冷え切っているだろう。急いで戸を引き、なかへ誘い入れて、「なにかございましたか！」と問い、火鉢の炭を熾《おこ》した。

「いや、なにもない」

この前と変わらぬ、淡々とした語り口で、泰友は言った。

「おぬしを信用せぬわけではないのだが、いま一度、口外無用を念押しさせてもらおうと思ってな」

そういうことか、と直人は思った。

「あえて尋ねるが、他言はしておらぬだろうな」

瞬間、気持ちが波立った。二言《にごん》があるはずもなかろうに、と顔が強張《こわば》りかけた。けれど、泰友の身になれば、いくら念押ししても足りないのだろうと思い直した。そういう処へ追いこまれた者の身に、自分はなっていない。

「もちろんです」

きっと、泰友は、不安で、不安で、たまらないのだろう。先日の泰友の様子は、貧すれど鈍することなく、毅然《きぜん》としていた。さすが、かつての師と思えるものだった。でも、あれは気を張っていたということなのだろう。見栄《みえ》だって、あったのだろう。泰友から「口外はせんと約定してくれ」と求められたとき、自分は「もとより」とだけ答えた。武家の誓いとはそういうものと信じて言ったのだが、泰友は心もとなかったにちがいない。言わずもがなと自分には思えることでも、はっきりと口に出したほうがよいのだ。何度だって、けっして他言はせぬと、声にしなければならない。

「ご安心ください」

直人は言った。

「誓って、他言はいたしません」

泰友の目を見て、言った。

「ご懸念《けねん》は無用です。断じて、洩《も》れることはありません」

「そうか。これからも頼む。それを聞いたからには、もう、念押しはせん。おぬしと顔を合わせるのも、今宵《こよい》が最後だ」

きっぱりと、そう言うと、炭が赤くならぬうちに、泰友は戻った。

しかし、その三日後、月が師走に替わった十二月三日の晩、泰友はまた夜更《よふ》けの玄関の前に立っていた。

三たび、「他言はしておらぬだろうな」と訊《き》き、「ほんとうに、これが最後だ」と言った。そのときはもう直人も、半ば現れるかもしれぬと予期していた。前回にも増して、繰り返し、大丈夫だと答えると、泰友も「これで、ほんとうに安心した」と言い、

「もう、二度と顔出しはせん」と言った。

次に立っていたのは、その二日後だった。やはり線香を上げて、組屋敷の仏間を見回してから、泰友は言った。

「御家人とはいえ、徒目付の組屋敷ともなると、立派なものだな」

泰友が最初に口外無用の念押しをしないのは、初めてだった。見回す目も、妙に落ち着かない。

「仏間までついているのか。仏壇もたいそう立派だな」

仏間に入るのは、もう四度目なのに、初めて入ったかのように「立派」を繰り返した。そして、つづけた。

「いまは、六尺一間半に住んでおる。畳二枚だ。そこで、病人の士郎と二人で暮らしておる。かなり狭い」

思わず、胸が塞がった。

けれど、泰友はすぐに話を切り替えた。

「直人もまた、いちだんと立派になった」

再会してから初めて、直人を「おぬし」ではなく、名で呼んだ。

「吉田町の小普請の倅が、もうすぐ勘定で、いよいよ旗本か。大出世、ということだな」

ほうじ茶を淹《い》れていた直人は、おやっ、と訝《いぶか》った。今夜で四度目の来訪だが、泰友には、勘定になって片岡を旗本の家筋にする話はしていない。話すつもりも、その暇もなかった。

「おまえの親父が生前、語ってたよ、繰り返しな」

直人の疑念を察したように、泰友は言った。こんどは「直人」ではなく、「おまえ」になった。

「あまりにがむしゃらに旗本になろうとしているので、どこかでしくじるのではないかと案じられる、とな」

直人の知らない父が、そこにいた。そういう内輪のことは、人に語らない人だと、なんとはなしに思ってきた。

「おまえの親父にとっては掛け値なしの気持ちだったのだろうが、聞かされるほうにしてみれば、あまり愉快な話ではなかった」

出したほうじ茶で、両の掌《てのひら》を温めながら言った。

「おまえと士郎は、周りから割下水の小普請から抜け出した逸材と喝采《かっさい》された。でも、おまえと士郎はおんなじじゃあない。おまえは五十俵三人扶持の小普請世話役で、徒目付だって見えていた。士郎は三十俵二人扶持の普請方同心で、それより上はない。同じ御家人でも身分がちがうのだ」

初めて聴く話がつづいた。

「その偉い御家人の父親から、がむしゃらに旗本になろうとするので困る、などと言われても、こっちこそ困る。身分のちがいを、ことさらに含ませられているような気になる。こっちは、そんなたいそうな心配などできぬ。そんな贅沢《ぜいたく》は言えぬのだ。おまえの親父は好漢《こうかん》ではあったが、考え足らずだった。なにも考えずにものを言うから、言葉が勝手に毒を持つ。ずいぶんと、おまえの親父の毒にはつきあわされた」

そういうこともあったのかもしれぬ、と直人は思うことにした。身近でありすぎる人間は、存外、見えていない。それが当を得ているのか、いないのかは分からなかったが、ともあれ、なんでも聴こうと思った。語って、捨てなければならないものが、泰友の腹には溜まりに溜まっているのだろう。もうずっと、誰とも語らず、ついぞ捨てる場などなかったのだろう。

「いまでは、三十俵二人扶持より上はないどころか、その三十俵二人扶持さえ失った。ちがいはもっと広がった。もう、どうしようもなく広がった。おまえはほんとうに立派になった、直人。剣もやっておるのか。いい具合に筋《すじ》がついて、いかにもできそうだ。闘う背中をしておる。いまは、どの流派を修めている？」

話はあちこちに跳んだ。くさすと思うと、持ち上げた。

「錬制館《れんせいかん》の、石森念流《いしもりねんりゅう》を」

「そうか、そうか」

石森念流のことは、知らないように見えた。泰友は繕《つくろ》うように湯呑みを手にして、ほうじ茶を含んだ。

「なんだ、このほうじ茶は！」

「なにか……」

雅之の行きつけの居酒屋、神田多町《たちょう》の七五屋《しちごや》の店主から分けてもらったほうじ茶だった。店主の喜助《きすけ》は、自分で焙烙《ほうろく》を使って、煎茶《せんちゃ》を煎《い》る。

「ほうじ茶なのに、旨いではないか。なんで、こんな旨いほうじ茶を飲まねばならん。なんで、こんな贅沢をする！」

湯呑みを置いて、詰《なじ》った。

「こんな茶を飲んだことはないだろう、とでも言いたいのか。おまえも身分ちがいを言い立てたいのか。来られるのが迷惑なら迷惑と、はっきり言ったらどうだ」

「北島様……」

すぐには言葉が出てこなかった。直人が想う以上に、泰友は傷《いた》んでいた。

「なんだ、その目は。人を哀れむような目で見るな。俺は病人臭いか。病人の臭いが染《し》みついているか。士郎の臭いがするか！」

泰友は不意に激昂《げっこう》した。声が裏返った。

「そんなつもりはございません」

「徒目付がなにほどのものだ。徒目付なら人を見下していいのか」

叫ぶと同時に、立ち上がった。そして、急に弱々しい声になって、言った。

「俺を止めぬか、直人。俺の慮外《りょがい》を止めぬか」

絞り出すように、つづけた。

「なんで止めぬ。なんで諫《いさ》めぬ。情《なさけ》は持たぬのか。無様《ぶざま》が止まらぬではないか」

直人はただ、見上げるしかなかった。

「来なければよかったのだ。おまえを、屋敷を、見なければよかった。おまえが、この在《あ》り処《か》なんぞを告げなければよかったのだ」

泰友は逃げるように、背中を見せた。

それからは、泰友が玄関前に立つことはなくなった。

けれど、直人の周りから消えたわけではなかった。

毎日ではなかったが、直人をつけるようになり、遠くから見張るようになった。

人をつけるなら、徒目付のほうが上手《うわて》だった。何度目かのとき、つける泰友を撒《ま》いて、逆に背後についた。

その日の泰友は武家の格好をして、腰に二本を差していた。泰友のなかで、なにかが変わったのだろうと想った。なにが変わったのかを、その顔から見届けなければならなかった。直人を見失って慌てる泰友の顔を、物陰からしっかりと見た。

泰友は、表の御用で幾度となく認めたことのある顔つきをしていた。人を襲おうとする者の顔つきをしていた。

なぜ、とは想わなかった。

しゃにむに勘定になろうとしていた頃の直人ならば、必死になってその理由を考えたかもしれない。でも、いまの直人には、なぜはあまりに自明だった。哀しいほどに、透き通って見えた。

泰友は、そうしなければならなかった。そうしなければ、この先、病む士郎と二人、畳二枚切りの長屋で生きていくことはできない。腹の底で滾《たぎ》っているものをさらに滾らせ、みずからを焼き尽くすことになるのだろう。

でも直人は、討たれるわけにはいかなかった。監察の要《かなめ》である徒目付を襲えば、もはや追放刑では済まない。

以来、直人は泰友を察知しだい、撒くことにした。一人のときはむろん、御用で幾人かで歩いているときでも、足早になって抜けた。上司同僚が連れのときに襲ってきたら、もう、どうにもすることができない。覆《おお》い隠しようがない。

一人のときにならば、自分がなかったことにするのかどうかは分からなかった。おそらくは、そうすることになるのだろうが、もしもそうしたとすれば、それは直人が徒目付を致仕《ちし》することを意味していた。徒目付とは、そういう御役目だった。そして、そうしなければ、泰友が重罪に問われるのだった。

だから、直人は撒いた。逃げた。そんなことをいつまでやらなければならないのかは分からない。けれど、とにかく、つづけなければならない。いつかは、泰友の腹の底で滾っているものも鎮《しず》まると信じて、直人は撒きつづけた。

なんの根拠もないけれど、年が替われば人の気持ちも変わるという文言《もんごん》に頼って、なんとか、なにもなく終《しま》ってほしいと念じていた年の瀬、さる寺の普請の吟味をするために、雅之に従って押上村《おしあげむら》へ出向いた。

御用が済んだときには、ちょうど午《ひる》九つ近くになっていて、「押上くんだりまで来たからには、もうちっと足を延ばして、亀戸《かめいど》天満宮あたりで寒蜆《かんしじみ》でも喰わねえかい」と言う雅之と肩を並べて、だだっ広い田んぼのなかの路を行った。

遮るものとてない一面の冬景色のなかに、泰友の気配を感じたのはそのときだった。振り向くと、真っすぐな一本路の向こうに泰友の姿があって、みるみる大きくなる。野放図《のほうず》に広がる冬の田では、雅之の目から隠しようもないが、さりとて、このまま連れ立っているわけにもゆかず、直人はできる限り遠ざかろうと、脱兎《だっと》のごとく駆《か》け出した。

四十近い齢の差からしても、振り切ることには疑いを持っていなかったのだが、それが腹の底で滾るものの力なのか、それとも生来の韋駄天《いだてん》だったのか、もうずいぶんと引き離したはずと、足を緩めて振り返ると、はたして泰友はそこにいた。

間髪を容《い》れずに、泰友は抜刀して、振りかぶる。

その健脚ぶりを見せつけられれば、幼い頃とはいえ剣の師匠だったこともあって、苦戦を覚悟したどころか、討ち果たされることも頭を過《よぎ》った。

直人の遣《つか》う石森念流は、相手を殺めずに制圧する剣である。切っ尖《さき》から三分の一の、斬る部位である殺《さつ》は用いず、鍔元《つばもと》から三分の一の防《ぼう》と、その間の制《せい》のみを駆使して、相手の剣を搦《から》めとり、柄《つか》を握る力を奪って剣を落とさせる。

その流儀から、殺要らずと呼ばれる剣を、ほんとうに自分が遣《つか》うことができるのか、直人は怖れた。

が、いざ、本身を合わせてみれば、錬制館での木刀稽古のままに手筋は運んで、泰友の剣は田んぼ路に落ちた。

安堵はしたが、そのあまりの呆気《あっけ》なさが哀しくもあった。衰えたというには手応えがなさすぎて、しゃがみこんだ泰友に、〝町の指南役〟を見なければならなかった。すぐに想いを切って目を上げ、案じつつ路を見やった。残る懸念は、雅之との距離だった。

はたして、雅之はすぐ傍らに立っていた。

「寒蜆はお預けみてえだな」

残念そうに、雅之は言った。

その晩、直人は致仕願いをしたためた。

すべての書式を尽くしてみると、十五で初めて逢対《あいたい》に上がって以来、ずっと追い求めてきたはずの勘定への未練は、不思議なほどになかった。

むしろ、片岡の先祖や子孫には申し訳ないけれど、否応《いやおう》なく旗本への路が閉ざされたことに、安堵を覚えていた。はっきりと、肩の荷が下りていた。

未練が残ったのは、いまの御役目であり、いまの御用だった。すなわち徒目付であり、なぜを解き明かす、頼まれ御用だった。失う段になってはじめて、いまの御役目と、いまの御用が、自分にとっての励み場であることを識《し》った。

けれど、そこに残るわけにはゆかなかった。いまでも、己が誤ったことをしたとは思っていない。再び、同じ状況が訪れたとしたら、迷うことなく同じようにするだろう。けっして、口外はせぬだろう。でも、それがために逆に、北島父子《おやこ》により重い罪科を背負わしてしまったのは、紛れもない事実だ。

未遂でとどまったので遠島なのか下手人《げしにん》なのかは分からぬが、泰友が襲撃に踏み切る前に自分が雅之にでも話を持ちこんでいれば、中追放にもならずに済んだのかもしれない。それに頬かぶりをして、自分だけが変わらずに禄《ろく》を食《は》んでいるわけにはゆかない。

それに、たとえ誤ってはいなくとも、徒目付としての責めは負わなければならない。一切の妥協を排して御用に当たる御目付を支える御役目にある以上、曖昧さを残してよいわけがない。あるいは致仕ではなく、なんらかの罰を受けて御役目を解かれることになるやもしれぬが、それはそれで、従容《しょうよう》と受けるしかなかった。

翌朝は早めに御簞笥町を出て、広小路に立ち、見えぬ沢田源内に、仲間に入れてもらうぞ、と挨拶をしてから御城へ向かった。

本丸表御殿中央の徒目付の内所に入り、雅之の前に座して、「お話があります」と切り出す。

と、雅之も「こっちも話があるんだ」と返した。

「俺が上司だから、話すのは、こっちが先だよなあ」

「はい」

おそらくは、自分への処分の話だろうと、直人は思った。

「北島泰友だがな……」

直人は無言でうなずいた。

「江戸から離れりゃあ、たぶん、まともに戻るんじゃあねえか」

「はっ」

瞬間、雅之がなにを言っているのか分からなかった。

「だからさ、江戸十里四方《じゅうりしほう》より外の、たとえば川越《かわごえ》あたりで暮らせば、あの父子にとってもいいんじゃねえか」

自分から切り出すのが怖かったが、結局、訊いた。

「江戸十里四方追放……ということでしょうか」

それは軽くはない罪を犯したけれど、情状を酌量すべき余地があるときに言い渡される刑だった。軽追放よりも、さらに軽い。

「ああ」

それが叶えば、北島父子にとって、これに勝ることはなかった。

「ただし、すんなりとはいかねえよ。こいつは取引だ。片岡とのな」

「それがし、とのですか」

やはり、召し放ちなのだろうが、そんなことはいまの直人にはなんでもなかった。懐《ふところ》には致仕願いが収まっている。致仕でも、召し放ちでも、いまの直人には変わらない。

「それがしなら、いかようにでも」

「そんなら、まずは、この部屋をちっとあっためてくれ」

「はあ……」

「その懐に呑んでるもんを出して、この火鉢にくべてくれ。すこしは暖《だん》の足しになるだろう」

「それで……江戸十里四方追放ですか」

　思わず、声が震えた。

「ああ、甘《あめ》えか？」

「はい」

「手の内を明かしゃあ、目付筋はいま、おめえを手放すわけにはいかねえ。だから、ちっとばかりあざとい策を使った。こうでもしねえと、おめえはどうしたってそいつを置いてくだろうからな。泰友を見過ごす手もあったが、見過ごして、火付けでもされたらどうしようもねえ。このまま放っておきゃあ、あいつは、しかねねえよ。だから、片岡を見えねえ処に置いて、頭を冷やさせることにしたってわけだ」

　言葉が出てこなかった。ただ、深く頭を垂れた。

「けどな、ちゃんとした罰だってある」

　雅之はつづけた。

「片岡にとっちゃあ、けっこう重い」

「なんなりと」

「勘定所行きはなしだ。ずっと、ここにいてもらう。徒目付一本で、なぜを掘り起こしてもらう。表の御用でもな。そうすりゃあ、あの父子は江戸十里四方追放だ。どうだい」

　ひとつ息をついてから、直人は言った。

「お言葉ですが……」

　声を絞り出した。

「それは、罰にはなりません」

「ほお……」

　雅之の瞳がいつものように、いたずらっぽく動いた。笑みを浮かべるのだろうと想ったが、むしろ真顔《まがお》になってつづけた。

「実あ、片岡に言ってなかったことがあるんだがな」

「はい」

「役替えのことさ。ふた月ばかり前に、勘定所のほうから打診があってな。片岡を欲しいと言ってきた。こっちは、おめえは出せねえと伝えて仕掛かりになっていたんだが、今回、はっきりとつぶした。決定は目付筋の総意だが、頭《あたま》に立ったのは俺だ。この、内藤雅之だ」

「そうですか」

軽妙に振る舞いはしても、人を試《ため》すようなことはけっしてしない人だ。おそらく、真《まこと》なのだろう。けれど、直人にとっては、どうでもよいことだった。

「そうと聞いても、罰にはならねえかい」

「はい」

「へえ……」

雅之の瞳が、また動いた。

「恨んだって、いいんだぜ」

「滅相《めっそう》もありません」

恨むどころか、嬉しかった。この上司から、それほどまでに求めてもらえたことが、嬉しくてたまらなかった。

「おめえが、どうしてもって言うんなら、まったく消えた話でもねえんだが……」

「いえ、けっこうです」

即座に、直人は答えた。

「そのほうが罰です」

「へえーえ」

雅之は嘆声を上げて、直人の目を真っすぐに見た。

「そうかい！」

そして、すぐに、いつもの冗談めかした調子に戻してつづけた。

「そうかい、そうかい」

〝なぜ〟を問われぬ世界で〝なぜ〟を探る
――成長小説とミステリの見事なる融合

川出正樹

「人がなにかを為《な》す真の理由など、たとえ当人でさえ分からないのではないか」
青山文平『伊賀の残光』

青山文平の『半席』を読んだときの浮き立つような気分は、今でもはっきりと憶《おぼ》えている。二〇一六年十月半ばのことだ。年末に発表される「このミステリーがすごい!」を初めとする各種年間ランキングを睨《にら》んで大作・力作が次々と刊行されるこの時期、新刊ミステリを中心とした書評を生業《なりわい》とする者の多くは、一年で最も多忙な時期を迎える。そんな折に、発行から既に五ヶ月経《た》った時代小説を門外漢であるにもかかわらず手に取ったのは、目利《めき》きの友人から大変出来の良いミステリだと強く薦められたためだ。

舞台は十九世紀初頭、文化年間の江戸。無役の小普請《こぶしん》世話役から徒目付《かちめつけ》に取り立てられ一代限りの〝半席〟から旗本を目指す片岡直人が、組頭の内藤雅之からの命を請け、公式の仕事である表の御用とは別に外の武家から持ち込まれる頼まれ御用に取り組み、なぜその事件が起きねばならなかったのかを解き明かす。

一篇四十ページ前後の六作からなる連作短篇集という形式なので、あまり構えずともいけるだろうし、ちょうど大部の翻訳ミステリを立て続けに読み終えたところでもあり、息抜きも兼ねてと、まずは一話目の表題作「半席」を読んでみた。そして驚いた。なんと独創的で上質なミステリなのだろう、と。被害者が死の直前に取った奇妙な行動、即《すなわ》ち、筏《いかだ》の上で寒鰔《かんたなご》釣りをしていた老侍は、なぜ突然走り出して自ら水の中に飛び込み死に至ったのか、という謎《なぞ》を解き明かすこの作品は、所謂《いわゆる》ホワイダニットWhydunit と呼ばれる〝なぜ〟を問うタイプのミステリだ。

この手の作品のキモは、犯人や被害者等の事件関係者がとった一見奇妙に思える言動の裏に実は意外な動機が秘められていたのだ、と明らかにすることで読者を驚かせ楽しませる点にある。因果の落差が大きいほど衝撃は強く、動機が推察しにくいほど意表を突く。反面、奇を衒《てら》い過ぎたり、論理的には正しくとも生理的には肯《うなず》けない頭で考えただけの逆転の発想や狂人の論理に安易に寄りかかってしまうと目も当てられない始末となる。ホワイダニットの持つ妙味とは、不自然で納得できない事件の真相が明かされた際に、読者にそれならば素直に腑《ふ》に落ちるし、やむを得ないと思わせる手際《てぎわ》にあるのだ。「半席」は、この妙味を一度ならず二度味わわせてくれた上に、意外な犯人が明らかになるフーダニットWhodunitとしての面白さも兼ね備えていて、これはものが違うぞ、と痛感した。

気分転換などという気楽な先入観は、瞬時に吹っ飛び、すぐさま第二話「真桑瓜《まくわうり》」を読了。八十歳以上でまだ御公儀の御役目に就いている旗本が労《ねぎら》いあう酒肴《しゅこう》の席は和《わ》気藹々《きあいあい》と進んでいたが、最後に水菓子が出されたとき、刃傷沙汰《にんじょうざた》が起きる。主催者の長年の友は、なぜ真桑瓜を見るや脇差《わきざし》を抜いて彼に斬りかかったのか。なぜを解き明かす鍵《かぎ》を反転させて因果の怖さ、偶然に左右されるやるせなさを醸《かも》し出す手腕の何と見事なことか。

これは古今東西のミステリの中でも稀《まれ》に見るオールタイム・ベスト級の逸品だ、と胸の内で快哉《かいさい》を叫びつつ、ついで第三話「六代目中村庄蔵」を読み終え唖然《あぜん》とする。一年限りの契約ゆえ、いい加減な仕事をする者の多い一季奉公にあって、異例の御勤めぶりを発揮することで二十年以上も雇われ続けてきた忠臣が、なぜ強固な信頼関係で結ばれた奉公先の主に危害を加えたのか。どこにも悪意がなく、被害者も加害者もともに相手を思いやったにもかかわらず起きてしまった悲劇。なぜを明かした後に、さらにその向こうにあるなぜを明かして因果の輪を閉じる結びの前には、もはや口をつぐみ納得するしかないではないか。

これもまたミステリ史に残る傑作と、しみじみと余韻を嚙《か》みしめつつ第四話「蓼《たで》を喰う」を読み進めていき、〝なぜ〟が判明する場面で思わず唸《うな》ってしまった。ミステリとしての結構が実に見事なのだ。布石を打ち、伏線を敷いて、読者の目を真相解明の糸口から巧みにそらす。しかもその糸口が、江戸時代の作中人物のみならず現代の読み手にとっても、実に当たり前のこととして納得できる点がミソだ。そのため、動機が明かされた刹那《せつな》、目を覆《おお》っていたベールがさっと剝《は》がされ一瞬で視界が開け、どうしてこんな自明のことを見抜けなかったのだろう、という騙《だま》される快感を味わわせてもらえるのだ。

御目見得以下から旗本に身上がった六十九歳の老侍は、なぜ屋敷の堀沿いに立って下水に巣を作っていた亀を見ていた旗本に無言で歩み寄り斬りかかったのか。被害者と加害者の間に一切関わりが見いだせないにもかかわらず起きてしまった事件。その真の動機は、時代に拠《よ》らず今の世の中でも十分成り立ってしまうのだ。

人間の本質を見据える作者の眼の確かさに感じ入りつつ、第五話「見抜く者」から最終話「役替え」へとページを繰る。この二篇は、これまで第三者として人の気持ちの奥底に深く分け入り、少ない手掛かりと限られた時間の中で速やかに仮説を立てて、〝なぜ〟を探り、科人《とがにん》の真の動機を見抜くことに努めてきた片岡直人自身が深く関わることになる襲撃事件を描いた作品だ。武家とは自裁できる者、即ち、自らを裁き自らに死を与えることができる唯一《ゆいいつ》の身分であるということをテーマに、主人公が自らのあり方を見つめ直す両作品は、ミステリの文脈で語るならば探偵自身の事件であり、表裏一体となる二つの事件を通じて直人は大きな決断をすることになる。しっかりと前を見据えた幕切れの、なんと気持ちの良いことか。

かくして当初の思惑はどこへやら、夢中になって読み終えてしまった。そしてあらためて実感した。人は業《ごう》から逃れられない存在であるということを。

生きることの難しさ、死ぬことの難しさ。あらねばならぬ姿に対する違和感から生じる焦燥と葛藤《かっとう》、理解されないもどかしさ。執着と諦念《ていねん》、欲と悟、それらがないまぜとなった一人一人の人間が織りなす小さな物語のなんと豊饒《ほうじょう》で滋味深いことか。

組頭の内藤雅之が直人との問答の中で、「だいそれたことをしでかす理由が、だいそれているとは限らねえ。ほんの砂粒が砂粒を呼んで、いつの間にか石になるってこともあんだろう」と諭すように、直人が解き明かす〝なぜ〟は、こうした人の想いが長い年月のうちに凝り固まり生じたものばかりだ。人の地肌を感じさせる、人臭い動機。これらは決して江戸時代に生きる人に固有なものではなく、現代に生きる人間が等しく抱えているものだ。本書『半席』が、真相を明かされるや、すっと腑に落ちる類い稀なるホワイダニットたり得ているのはその為で、そこには、「小説とは、特殊を書いて普遍的な読後感を与えるものである」という青山文平の創作姿勢が如実《にょじつ》にうかがえる。

さて、ここまでミステリとしていかに優れているかについて語ってきたけれども、無論『半席』の魅力はそれだけではない。一人の青年の成長を描いたビルドゥングスロマンとして抜群に面白いのだ。

戦国時代が終わり二百年ほど経ち、軍事ではなく行政が必要とされる世にあっては、武力を司《つかさど》る番方ではなく、文官である役方、とりわけ財政を担《にな》う勘定所と監察を司る目付筋こそが組織を支える柱となる。商人が台頭し町人文化が花開くのとは裏腹に、武家に確固たる居場所がないこの時代にあって、主人公の片岡直人は、半席という一代御目見から旗本へ身上がるために、徒目付を通過点と見なして勘定所を目指している。それは片岡家の当主としてあらねばならない姿であり、疑問の余地はないはずだった。にもかかわらず、人誑《ひとたら》しで旨《うま》いものに目がない上司の内藤雅之の命を請けて頼まれ御用をこなすにつれ、徐々にその覚悟が揺らいでいく。なぜなら、表の御用に就いているだけでは見えてこない人の地肌を見ることに魅せられてしまったためだ。

直人が、「この世には、自分の知らぬことがごまんとあって、そうと気づけば、知知らずに済ますわけにはいかなかった」と考えるようになり人間として成長していくのは、〝なぜ〟を問われぬ体制の中で、〝なぜ〟を明かすべく人の気持ちの奥底に深く分け入っていくからだ。即ち『半席』とは、時代の波に身を委《ゆだ》ねることが叶《かな》わない若者が、自己のアイデンティティを見据え、自らの頭で考え、もがきながらも成長していく様と、いつの時代も変わらぬ人の業に根ざした謎を解き明かすホワイダニットが分かちがたく結びついた稀有《けう》な傑作なのだ。

「創作はオリジナリティがすべてであり、陳腐は最大の敵である」という青山文平の力強い信念が鮮やかに結実した本書は、「このミステリーがすごい！　2017年版」で見事四位に輝き、第七十回日本推理作家協会賞の長編および連作短編集部門にノミネートされた。文庫化を機会に、ジャンルに囚《とら》われない青山文平作品の面白さを一人でも多くの方に味わっていただきたい。

（平成三十年八月、ミステリ書評家）

この作品は平成二十八年五月新潮社より刊行された。

青山文平著

伊賀の残光

旧友が殺された。伊賀衆の老武士は友の死を探る内、裏の隠密、伊賀衆再興、大火の気配を知る。老いて怯まず、江戸に澱む闇を斬る。

青山文平著

春山入り

山本周五郎、藤沢周平を継ぐ正統派にして、全く新しい直木賞作家が、おのれの人生を掴もうともがき続ける侍を描く本格時代小説。

海音寺潮五郎著

江戸開城

西郷隆盛と勝海舟。千両役者どうしの息詰まる応酬を軸に、幕末動乱の頂点で実現した奇跡の無血開城とその舞台裏を描く傑作長編。

葉室麟著

橘花抄

己の信じる道に殉ずる男、光を失いながらも一途に生きる女。お家騒動に翻弄されながら守り抜いたものは。清新清冽な本格時代小説。

山本周五郎著

松風の門

幼い頃、剣術の仕合で誤って幼君の右眼を失明させてしまった家臣の峻烈な生きざまを描いた「松風の門」。ほかに「釣忍」など12編。

山本博文著

学校では習わない江戸時代

「参勤交代」も「鎖国制度」も教わったが、大事なのはその先。江戸人たちの息づかいやホンネまで知れば、江戸はとことん面白い。

半《はん》　席《せき》

新潮文庫　あ－84－3

平成三十年十月一日発行
令和三年七月十日四刷

著者　青《あお》山《やま》文《ぶん》平《ぺい》
発行者　佐藤隆信
発行所　株式会社新潮社
郵便番号一六二―八七一一
東京都新宿区矢来町七一
電話 編集部(〇三)三二六六―五四四〇
読者係(〇三)三二六六―五一一一
http://www.shinchosha.co.jp

価格はカバーに表示してあります。

乱丁・落丁本は、ご面倒ですが小社読者係宛ご送付ください。送料小社負担にてお取替えいたします。

印刷・株式会社三秀舎　製本・株式会社植木製本所

ISBN978-4-10-120093-4 C0193